Ursula Geier

Der Himmel ist nicht das Ende

Ursula Geier

Der Himmel ist nicht das Ende

Bibliographische Informationen der Deutschen Bibliothek:
Die Deutsche Bibliothek verzeichnet diese Publikation
in der Deutschen Nationalbibliographie; detaillierte bibliographische Daten sind im Internet über
http://dnb.ddb.de abrufbar.

© 2. Auflage 2017 – Ursula Geier

Herstellung und Verlag:
BoD - Books on Demand, Norderstedt
Printed in Germany

Titel: Alexander Groß
Foto & Covertext: Sonja Groß

ISBN 978-3-73864-096-0

Zu unserem 25-jährigem Hochzeitstag hattest du mir „wilden Sex" versprochen, und mich dabei augenzwinkernd angegrinst. Du sahst echt aus wie ein Lausbub.

Dabei warst du schon 63 Jahre, aber immer noch lebenslustig und zu albernen Scherzen aufgelegt. Gerade das liebte ich so sehr an dir. Das Leben mit dir war nie langweilig gewesen, es passierten immer wieder aufregende Dinge.

Da war die Geschichte mit dem Möbelwagen, den du mal so ganz nebenbei gekauft hattest um Umzüge zu machen, oder die Idee mit dem Farbenladen, den du unbedingt haben wolltest.

Die Krönung war aber unsere kleine Bar, die du mir so ganz nebenbei präsentiert hast. Du warst schon ein ganz besonderer

Mensch, einer der immer das Leben liebte und meistens fröhlich war. So vieles haben wir zusammen erlebt, uns gab es nur im „Doppelpack" so sagten es unsere Freunde und alle, die dich so gerne hatten.

Ich darf gar nicht darüber nachdenken, dass es dich nicht mehr gibt, weil mich der Schmerz fast umbringt. Aber ich werde versuchen weiter zu leben und alle die Erinnerungen die ich an dich habe, werden mir dabei helfen.

Als ich dich kennen gelernt habe, sah ich als erstes deine strahlend blauen Augen und dein verschmitztes Lächeln. Schon damals spürte ich ein „Kribbeln im Bauch", dabei wollte ich mich nicht mehr verlieben. Viel geredet haben wir, und dabei stellten wir fest, dass uns das Leben ganz schön geschüttelt hatte. Ich bewunderte deine Gelassenheit und deine direkte Art, die mir nicht so gegeben war.

Das alles ist jetzt vorbei und du fehlst mir so sehr. Ich sehe dich immer noch vor mir, wie du in dem großen Krankenhausbett gelegen bist. Du sahst so klein und zerbrechlich aus und ich wollte nicht glauben, dass du still und leise gegangen bist. Dein Gesicht war faltenlos und du sahst glücklich aus. Wie sollte ich ohne dich leben, nie mehr dein Lächeln sehen, deine flotten Sprüche hören. Ich weinte und war wie erstarrt, hilflos, verlassen, schutzlos, ich war einfach nur traurig.

Ich verabschiedete mich von dir, streichelte zum letzten Male dein Gesicht und küsste dich, dann ging ich nach Hause.

Alle waren gekommen, die Kinder und Enkelkinder und unser Gino. Er ist Annas Verlobter und war noch am Vormittag bei dir, als du schon im künstlichen Koma lagst.

Ich wollte am Nachmittag bei dir sein. Die Ärzte meinten, du solltest dich erholen und ich sollte dir diese Ruhepause gönnen.

In den frühen Morgenstunden bekam ich einen Anruf vom Krankenhaus. Und wieder war die ganze Familie da, gemeinsam fuhren wir in die Klinik. Ich verstand nur, dass die Ärztin etwas von Hirntod, kein Puls und Hirnschäden sagte. Sie hätten alles getan, aber du wärst sehr krank gewesen.

Gino stand neben mir am Krankenbett und war genauso fassungslos wie ich. Ich sah den Schmerz in seinen Augen und eine tiefe Traurigkeit. Wir nahmen uns alle in die Arme und weinten, wollten nicht begreifen, dass du nie mehr nach Hause kommen und wir dich nie mehr sehen würden. Der Schmerz überrollte uns mit einer Heftigkeit, die uns die Luft zum Atmen nahm.

Die nächsten Tage verbrachten wir wie in Trance, alles lief irgendwie an uns vorbei. Ein Zustand der sich kaum beschreiben lässt. Zuhause erinnerte uns alles an dich Deine Kleider, deine Schuhe, dein Auto, das im Carport stand. Wir fingen an über dich zu reden, stellten uns vor, wie du im Auto gesessen hast und fühlten uns ein wenig besser. Wir konnten uns erinnern, wie du gesagt hast:" Ich will keine schwarzen Kleider an meiner Beerdigung", ihr sollt fröhlich sein und bunte Kleider tragen und feiert, denn jetzt geht es mir gut. Das tröstete uns ein wenig, du warst jetzt ohne Schmerzen und wir mussten dankbar sein, dass es dir gut gehen würde. Wir sprachen über die Bestattung und alles sollte so gemacht werden, wie du es dir gewünscht hattest. Und dann kam der Tag vor dem wir alle Angst hatten.

Wie eine Trauergemeinde sahen wir nicht aus, ein wenig bunt waren wir angezogen, es hätte dir sicher gefallen. Auch deine Lieblingsmusik von Peter Maffay mit dem wundervollen Song: "Wenn du gehst, dann geht nur ein Teil von dir, der andere Teil bleibt hier", spielten wir nur für dich. Es brach uns fast das Herz, aber du hast wahrscheinlich von oben auf uns runter geschaut und mit den Zehen den Takt gewippt.

Im Friedwald hast du dir deine letzte Ruhestätte gewünscht, deine Urne liegt unter einer wunderschönen jungen und schlanken Heimbuche. Blütenblätter verstreuten wir um deinen Urnenplatz und ein kleines kupfernes Schild mit der Aufschrift „Charly" erinnert alle lieben Menschen an dich, Charly wir lieben dich.

Morgen ist Weihnachten und du bist nicht da, wie soll ich das machen, so ganz ohne dich? Weihnachten haben wir immer nur zu zweit gefeiert, ruhig und leise. Einen kleinen Tannenbaum haben wir gehabt und du hast eine rote Nikolausmütze aufgesetzt die geblinkt hat. Ein anderer kleiner Nikolaus hat dazu gesungen und die Wunderkerzen wurden von dir angezündet. Vorher wurde gebacken und gekocht, es duftete in der Wohnung so richtig nach Weihnachten. Ich habe Bratäpfel in der Backröhre gemacht, sie schmeckten echt himmlisch.

Unser erstes gemeinsames Weihnachtsfest feierten wir in Spanien auf einer kleinen Finca. Unser Hund Rex und der Kater Cimba waren auch dabei. Den Tannenbaum „holten" wir im Wald. Ich erinnere mich noch an ihn, eine Fichte, selbst „gepflückt" hast du gesagt und gegrinst.
Riesig war der Baum und wir schmückten ihn mit Popcorn und roten Schleifchen - sah wunderhübsch aus. Rex und Cimba bekamen eine Wurst, wir unseren Schweinbraten mit Knödeln und Rotkraut. Schnee gab es nicht, dafür konnten wir im Meer baden.

Später als wir die kleine Kneipe eröffneten, luden wir jedes Jahr an Weihnachten Freunde zu uns ein.

Du hast gekocht und gebacken und alle waren fröhlich nicht einsam zu sein. Immer waren dir Menschen wichtig, das spürten sie, und deshalb liebten sie dich alle so sehr. „Unser Charly", sagten sie, „der ist einfach cool, der versteht uns." So war es und bis zum Schluss warst du für mich und andere Menschen da.

Aber ich war dir immer der „wichtigste" Mensch und das habe ich gewusst. Obwohl ich sehr traurig bin, helfen mir die Erinnerungen an dich ein wenig.

Ich sehe dich vor mir und möchte dich gerne umarmen und deinen Duft riechen. Diesen Duft liebten viele Menschen an dir, sie fragten wie er heißt. „Fahrenheit" gabst du bereitwillig Auskunft, der ist teuer, aber das bin ich mir wert.

Sogar Männer schnupperten, wenn du vorbei gingst. Unser Hund liebte diesen Duft auch, sogar der Kater schnüffelte, wenn er dich kommen sah und sprang auf deinen Arm.

Eine gute Freundin von uns beiden sagte immer: "Charly dein Duft bringt mich um den Verstand!" "Mach dir nichts draus", sagtest du, viel ist sowieso nicht da."

Und sie lächelte, als hättest du ihr ein Kompliment gemacht. Gerne würde ich wissen, ob du oben auf einer rosa Wolke sitzt und auf uns alle herunter schaust. Das wolltest du doch immer, auf einer rosa Wolke sitzen und singen wie der Engel „Aloisius", der mit dem „Halleluja".

Also singen konntest du wirklich nicht, es war schauerlich, doch das störte dich nicht. „Braucht ja keiner zuzuhören", meintest du und sangst munter weiter. Mir tun diejenigen, die dich hören müssen, schon ein wenig leid, aber du wirst nicht aufhören, so kenne ich dich.

Weihnachten in Spanien: In Spanien konnte man den Tannenbaum leicht entsorgen, einfach in den Kamin werfen und das Feuer bewundern. Das Popcorn und die Bändchen wurden gleich mit verbrannt, so einfach ging das. Ein spanisches Weihnachtsfest ist lustig und laut.
Der heilige Santa Claus kommt mit dem Schiff und reitet durch die Stadt. Alle Leute laufen hinterher und sind fröhlich.

Erst einen Tag später beginnt das Weihnachtsfest mit Singen und Tanzen am Strand. Alle tragen festliche Kleider, später geht man zum Essen und dann in die Kathedrale, oder die Kirche.

So wunderschöne Weihnachten habe ich selten erlebt. Unsere Südländer feiern einfach anders, dass muss man gesehen haben, das ist Lebensfreude pur. Wir beide, waren begeistert und sangen und tanzten mit.

Ihr „Feliz Navidad" und andere Weihnachtslieder klingen immer noch in meinen Ohren. Wenn ich meine Augen schließe sehe ich die festlich gekleideten Menschen vor mir.

Es war eine wundervolle Zeit, an die ich mich gerne zurückerinnere. In dieser Zeit warst du noch gesund und stark wie ein

Baum. Das Klima tat ein Übriges, die Sonne schien fast den ganzen Tag und wir fühlten uns wohl.

Du warst nicht aufzuhalten und hattest viele Pläne. Ich versuchte dich zu bremsen, aber das gelang mir nicht, du wolltest unbedingt reich werden. In einer Disco hatte ich dich kennen gelernt und ich liebte deine Musik. An meinem Geburtstag haben wir zusammen getanzt und du hast mir später gestanden, du hättest dich sofort in mich verliebt. Es wäre mein „Watschelgang" gewesen, der dir so gefallen habe. Wenig schmeichelhaft für mich, aber so schien es gewesen zu sein. Von diesem Tag an blieben wir zusammen, über 25 Jahre. Heuer wäre unsere Silberhochzeit gewesen.

An unserer Silberhochzeit wollten wir noch einmal heiraten, so richtig mit "allem Drum und Dran", du hattest ganz genaue Vorstellungen. Du warst für den "Westernstil, mit Cowboyhut und Cowboystiefeln und einer "Knarre", die richtig "Krach" macht, man sollte uns hören.

Ich schwärmte für ein bodenlanges "Jeanskleid" mit einem süßen kleinen Hütchen und bequemen weichen Turnschuhen. Nur du und ich im sonnigen Mai. Natürlich würden wir in einer Kutsche fahren die von Pferden gezogen wird, so wollte ich es gerne. Nein, wir nehmen einen Oldtimer, das ist viel schöner sagtest du und offen muss er sein, man muss uns doch sehen können. Wir einigten uns, wie immer, du meintest: „Egal wie, wichtig ist, dass wir heiraten."

18

Dann hast du mich in deine Arme genommen und herum gewirbelt, es war einfach schön und fühlte sich herrlich an. So war es mit dir, immer hast du mich behütet und mir gesagt: "Ich liebe dich" und mich "Bebi" genannt. „Und wir fliegen nach Spanien und heiraten im "Westerndorf", oder nach Frankreich und machen gleich eine "zweite Hochzeitsreise". Wien wäre auch schön, oder Budapest, was meinst du dazu", wolltest du wissen? So träumten wir beide und freuten uns riesig, damals wussten wir noch nicht, dass es nicht mehr dazu kommen würde, du warst einfach schon zu krank. Aber wir sprachen wochenlang davon und es machte uns glücklich. „Und singen muss unbedingt der "Peter Maffay" du weißt schon mein Lieblingslied, und tanzen werden wir auch, alles wird wunderbar." „Ja, so wird es", sagte ich und dann überlegten wir, wo und was wir essen würden. Ich sehe dich noch vor mir, wie du glücklich gelacht und mich ganz fest gehalten hast, alles das macht mich traurig und glücklich zugleich. Traurig, weil du nicht mehr bei mir bist und glücklich, weil ich mit dir leben konnte.

Wenn ich diese Zeilen schreibe, wünsche ich mir, dass es anderen Menschen auch so geht und dass sie sich an die glücklichen Jahre erinnern.

Wie bereits erwähnt, konnten wir unsere Silberhochzeit nicht mehr feiern. Du warst schon Anfang diesen Jahres so krank geworden. Aber, dass du nicht mehr gesund werden würdest, das wollte ich nicht glauben. Deine Kraft auf die du immer so stolz gewesen bist, verschwand immer mehr. Du nahmst ab und dein Gewicht sank auf 69 Kilo, deine Augen wurden immer größer und dein Gesicht immer schmaler.

Natürlich tat ich so, als ob ich nichts bemerken würde, dabei zerriss es mir fast das Herz. Aber ich erzählte dir von den Kindern und Enkeln und den Leuten im Haus. Du hörtest mir zu und ich dachte immer, bitte lass ihn bei mir bleiben.

Jetzt ging es dir immer schlechter, du wolltest nichts mehr essen und bekamst schlecht Luft. Ich versuchte dich nach Hause zu holen, aber die Ärzte genehmigten es nicht.

Dann kam der Tag, wo die Ärzte beschlossen, dich in ein künstliches Koma zu legen. Wenn du dich erholt hast, so die Aussage der Ärzte, würde es dir besser gehen und du würdest schneller gesund werden. In ein paar Tagen, könnte man dich aus dem künstlichen Koma holen, dann solle ich dich wieder besuchen.

Dazu kam es nicht mehr, am Nachmittag saßen wir alle zusammen bis zum späten Abend, dann kam der Anruf aus dem Krankenhaus, es klang nicht gut und wir fuhren sofort zu dir. Als ich in dein blasses schmales Gesicht sah, da wusste ich, du warst von mir gegangen, ganz still und leise.
Ich streichelte dich ein letztes Mal und begriff, ich war alleine auf dieser Welt. Der Schmerz kam wie ein Orkan über mich und Gino hielt ganz fest meine Hand.
Die Kinder und Enkelkinder weinten und irgendwann gingen wir alle nach Hause. Schlafen konnte keiner von uns, wir waren

geschockt und wollten nicht begreifen, dass du uns zurückgelassen hattest.

In den folgenden Wochen sahen wir uns fast jeden Tag und telefonierten miteinander. Es gab viel zu tun, einen Bestatter zu finden, ein Platz im Friedwald - das lenkte etwas ab.

Die Kinder haben mir vieles abgenommen und auch die Enkelkinder waren immer um mich, dabei litten sie genauso wie ich. Gino war noch am frühen Morgen als du in das künstliche Koma gelegt wurdest bei dir. Später erzählte er mir, du hast mit deinem Sohn Frieden geschlossen, das fand ich gut und richtig. Und deine Schmerzen seien wie weg geblasen gewesen.

Das beruhigte mich und ich freute mich schon darauf, dich bald wieder zu besuchen. Du bist in den frühen Morgenstunden um 1:30 verstorben und mich tröstet nur der Gedanke, dass du nicht mehr leiden musst. Jammern war nicht dein Ding, bis zum Schluss hast du gekämpft.

Einmal nach deinem Herzinfarkt erzähltest du mir, wie du durch ein Tunnel in ein helles Licht gegangen bist, damals sagtest du, am liebsten wärst du nicht mehr zurückgekommen.

Ein anderes Mal, nach deiner Herz OP, bist du aus deinem Körper herausgestiegen und hast dich unten auf dem OP Tisch gesehen, es fiel dir schwer wieder zurück zu kommen.

Diese Mal kamst du nicht wieder, es ist sehr schwer für mich, aber ich weiß, jetzt bist du schmerzfrei und glücklich.

Ich wünsche mir, dass du dich mir zeigst, oder mir ein Zeichen gibst. Einige Bücher habe ich gelesen, sie alle beschreiben die Nahtod- oder Nachtod-Erlebnisse. Manche trösten, andere sind schwer verständlich. Deswegen habe ich mich entschlossen auch ein Buch darüber zu schreiben.

Es ist dieser Schmerz, der nicht aufhört, der einen überfällt und nicht zur Ruhe kommen lässt. Die Fragen die einen quälen, warum, wieso, warum er. Habe ich alles richtig gemacht, was wäre gewesen wenn.

Ich bekomme keine Antworten darauf, fühle mich schuldig, weine und weine, es hilft ein wenig, aber mehr nicht. Die Erinnerung an unser gemeinsames Leben mildert den Schmerz ein wenig. Das Glück dich gefunden zu haben, mit dir leben zu können, erleichtert mir ein Leben ohne dich. Dann überrollt der Schmerz mich wieder mit einer Macht, die ich fast nicht ertragen kann.

Und wenn andere Menschen das Buch lesen werden, hoffe ich sie ein wenig trösten zu können.

Ich erinnere mich, wie du mir geraten hast, ein Buch zu schreiben und zu verlegen. Lange überlegte ich, dann machte ich es und war glücklich. Du bist fast vor Stolz geplatzt, wenn du den Leuten sagtest, dass deine Frau ein Buch geschrieben hat.

Dabei war dein Leben viel bunter als mein Leben, deine Reisen um die halbe Welt wären ein tolles Buch geworden. „Ach nein, schreib du, ich kann es nicht,“ war deine Antwort. Dann bot ich dir an, für dich zu schreiben, wolltest du auch nicht.

Du konntest deine Reisen erzählen, die Menschen hingen an deinen Lippen und es war mucksmäuschenstill, wenn du deine Geschichten zum Besten gabst. Diese Gabe haben nur wenige Menschen, du warst einer von Ihnen.

Ich sehe dich vor mir, wie du die Leute in deinen Bann gezogen hast. Sie bewunderten dich und du schienst es nicht einmal zu bemerken.

Früher gab es Geschichtenerzähler, und ich finde sie heute auch noch aktuell. Mit dem Fotografieren sah es ähnlich aus, nur für den Hausgebrauch, meintest du. Von dir mochtest du keine Bilder, warum kann ich nicht sagen. Einige wenige hat Anna, unsere Enkeltochter noch geschossen. Zum Glück sonst könnte ich nicht einmal Bilder von dir betrachten.

Seit du nicht mehr bei mir bist, habe ich in jedem Zimmer Bilder von dir aufgehängt, das tröstet mich sehr. Von den Indianern sagt man, sie nehme alle Andenken von den Verstorbenen aus dem Haus, um sie vergessen zu können. Kann ich nicht nachvollziehen, warum soll ich den Menschen, den ich liebe vergessen wollen. Er wird immer bei mir sein, mir helfen, das Leben weiter zu leben. Wenn es dunkel wird, zünde ich eine Kerze an und denke an ihn, frage ihn, erzähle ihm, was mich bewegt.

Das kann doch nicht falsch sein, ich finde es richtig. Jeder Mensch hat das Recht seine Trauer so zu erleben, wie er sie fühlt, wie sie für ihn am Besten ist.

Den Spruch: "Man muss die Toten gehen lassen, sie loslassen, nicht in ihrem Frieden stören, kann ich ebenfalls so nicht anerkennen. Woher wollen diese Leute wissen, was für den Verstorbenen richtig und wichtig ist.

Die Seele unserer Verstorbenen nimmt sicher keinen Schaden, wenn wir voller Liebe an sie denken, sie nicht vergessen wollen. Und eine Kerze anzünden im Gedenken an ihre Seelen ist sicher nicht verwerflich.

Neulich sagte eine Bekannte, ich würde einen Altar aufstellen mit all den Bildern und Andenken von meinem Mann. Das machte mich echt zornig, ich gab ihr eine richtig schroffe Antwort. Gotte meint das auch, erwiderte sie trotzig. Das wäre aber kein guter Gott, meine ich, der es verbietet an Verstorbene zu denken. In der Kirche und am Grab, da dürfen es die Menschen, also, wer sagt, was ich tun darf oder nicht?

Und sogar die Trauerzeit ist vorgeschrieben, sie soll nicht über ein Jahr hinausgehen, ansonsten ist ein Psychologe zu Rate zu ziehen.

Wie lange ein Mensch um seinen liebsten Menschen trauern darf, ist seine Sache, nicht die der Anderen. Fehlt nur noch wie viele Tränen um den Verstorbenen vergossen werden dürfen und wie lange ein Mensch um seinen Liebsten weinen darf.

Blöd finde ich auch die Kleiderordnung. So sollen Trauernde in Schwarz herumlaufen, und das mindestens ein Jahr, so wird es bestimmt. Ach ihr Armen, wenn ich euch so zuhöre, dann vergeht mir das Trauern, um euch trauert mit Sicherheit keiner.

Die Kleidungsstücke des Verstorbenen müssen ebenfalls entsorgt werden, damit die Erinnerung an ihn nicht so stark ist. Diese Meinung teile ich ebenfalls nicht, sie sind ein Teil von ihm und manche Sachen werde ich bestimmt behalten. Andere gebe ich Menschen, die ich kenne, dann sehe ich sie ab und zu wieder. Ich lasse ganz einfach mein Gefühl sprechen, dann liege ich richtig. Die Besserwisser streiche ich am besten aus meinem Bekanntenkreis. Sie sind meiner Meinung nach nicht fähig zu lieben.

Heute war der „Heilige Abend", ich bin aufgestanden und habe geweint, weil du nicht mehr da bist. Dann habe ich mir einen Kaffee gemacht, essen mochte ich nichts. Unser Kater schlich traurig herum und wollte nichts fressen.

Dann klingelte es an der Haustüre. Die Mädchen kamen mit einem wunderschönen Weihnachtsstern. Frische Brötchen und Wurst, Kaffee und andere Leckereien waren ebenfalls dabei. Wir frühstückten zusammen und es ging mir etwas besser. Als sie wieder nachhause gingen, war ich wieder traurig.

Erst gegen Abend, zündete ich viele Kerzen an und dein kleines Kunstbäumchen um Weihnachten zu feiern. Ich redete mit dir und fragte dich, ob es dir gut geht, hatte auch das Gefühl, dass du bei mir bist und mir zuhörst. Es ist immer so tröstlich wenn

Gino kommt. Er kann dich sehen und verstehen, wenn er mit dir redet, das beruhigt mich ungemein. Ich hoffe, dass ich es auch bald kann. Du hast deine Ruhe gefunden, du wärst glücklich, wo du jetzt bist und ich habe alles richtig gemacht.

Das glaube ich ihm, er hat einen besonderen Kontakt zu dir, das freut mich sehr und macht mich glücklich. Immer wenn ich sehr traurig bin, rufe ich Gino an und frage, wie es dir geht. Danach fühle ich mich besser und ich muss nicht mehr so viel weinen.

Am zweiten Feiertag sind wir alle bei Steffi. Sie macht wieder das „Weihnachtsessen", darauf freue ich mich. Vor zwei Jahren waren wir zwei bei ihr, dann haben wir nur noch alleine gefeiert und es war immer schön. Auch nach all diesen vielen

Jahren haben wir uns immer noch in den Arm genommen und geküsst wie zwei Junge. Das fehlt mir auch und deine kleinen Späße, dein Grinsen und überhaupt alles an dir.

Neulich haben wir Bilder von dir gefunden und Gino hat eine Collage angefertigt, da sind wir alle drauf und natürlich auch du. So bist du immer mitten unter uns und wir können mit dir reden.

Heute hat mir Anna ein wundervolles Wolkenbild über Internet geschickt. Es würde dir gut gefallen, aber was rede ich da, du bist ja direkt dort oben in den Wolken und schaust auf uns kleine „Erdlinge" herunter. Vermutlich sehen wir alle wie kleine Ameisen aus.

Was ich dich unbedingt fragen möchte: Bist du in deiner Menschengestalt oder in einer Wolke oder Lichtgestalt unterwegs? Das sagst du mir doch irgendwann.

Neulich habe ich gelesen, dass uns die Verstorbenen besuchen und uns helfen, wenn wir Fragen haben, stimmt das? Vor ungefähr drei Wochen bin ich nachts von einem hellen Licht aufgewacht und habe eine Sternenstraße gesehen. Sie war schmal und lang und leuchtete. Nur ganz kurz, dann war sie wieder weg, ich dachte sofort an dich und schlief gleich wieder ein. Gino sagte, das wäre ein Zeichen von dir, das machte mich sehr glücklich.

Diese Zeichen sagen, dass du an mich denkst und bei mir bist. Ich wünsche mir mehr solcher Zeichen, wenn du es kannst. Heute ist der erste Weihnachtsfeiertag und ich vermisse dich, bin traurig. Dann habe ich den Weihnachtsstern, den mir die Mädchen gestern geschenkt haben, in dein Zimmer gestellt, ich weiß, dass du dich darüber freust. Gestern riefen mich die Kinder, Enkelkinder, meine Schwester, Hilla und Anni an, um mir „Frohe Weihnachten" zu wünschen. Du wärst glücklich gewesen, dass sich alle so liebevoll um mich kümmerten. Eines muss ich dir unbedingt noch erzählen, mein Bruder hat mir doch Geld geliehen. Heute sagte ich ihm, ich würde im Neuen Jahr mit der Rückzahlung beginnen. Das wollte er nicht. Er sagte: "Betrachte es als erledigt".

Ich musste weinen, so habe ich mich gefreut. Alle sind so lieb und fürsorglich zu mir. Es ist, als hättest du dafür gesorgt, dass es so ist, das glaube ich, und dafür danke ich dir.

Trotzdem bin ich erleichtert, wenn die Feiertage vorbei sind und das neue Jahr begonnen hat. Dann werden die Tage wieder länger und die Nächte sind nicht mehr so dunkel. Ich hasse diese Dunkelheit und die tristen Gedanken, die dann unweigerlich in einem aufsteigen und den Tag vergiften.

So nach und nach zieht der Frühling ins Land, mit ihm die ersten Blumen und ab und zu lugt schon die Sonne zwischen den Wolken hervor. Der Mensch fängt wieder an zu leben, atmet die reine frische Luft ein und erfreut sich an dem Gezwitscher der Vögel. „Der Frühling ist gekommen", hast du immer laut gerufen und die Arme ausgebreitet; „schnell kommt alle aus den dunklen Löchern und freut euch mit mir." So sehe ich dich vor mir und versuche glücklich zu sein. Was für eine Lebenslust und Lebensfreude versteckte sich hinter deinen Worten und Gesten. Deine ausgebreiteten Arme wollten die ganze Welt umarmen. Und ich kann nie mehr in deine Arme flüchten, du wirst mich nie mehr festhalten, das tut so weh.

In diesen Momenten bricht der Schmerz mit einer Gewalt über mich herein. Er hält mich fest wie ein Schraubstock und nimmt mir die Luft zum Atmen. Am liebsten würde ich mich ganz klein zusammenrollen und mich verstecken und nie mehr aus meinem Versteck heraus kommen. Ich weine und weine und kann es doch nicht ändern.

Irgendwann habe ich keine Tränen mehr und stelle mir vor, wie du mich immer getröstet hast, wenn ich geweint habe.

Du hast mich in die Arme genommen und mich geschaukelt, wie eine Mutter ihr Kind schaukelt, das hat mich getröstet. Dabei ganz zart meine Haare gestreichelt und mir: "Heile, Heile Gänschen" ins Ohr geflüstert. Ich sehe dein liebes Gesicht vor mir und versuche mich zu beruhigen.

Manchmal gelingt es mir, dann rede ich mit dir und frage dich, was ich machen soll, so ohne dich. Und ich höre dich flüstern: "Ruhig bleiben, ich bin doch bei dir." Und tatsächlich spüre ich deine Nähe und fühle mich geborgen. Ich will ja nicht jammern, aber du fehlst mir so sehr, und nur in meinen Gedanken kann ich dich sehen. Ich bin auch dankbar für die vielen wunderbaren Jahre, die wir zusammen verbringen durften, aber ich habe mir viel mehr solche

Jahre gewünscht. Heute hat dich unser Kater wieder gesucht, ist auf dein Sofa gesprungen, hat sich auf deine Decke gesetzt und ist dann unter deinem Sofa eingeschlafen. Beim Frühstück sitzt er immer neben mir auf deinem Stuhl und schaut mich mit großen Augen an. Tiere fühlen, wenn Menschen trauern und versuchen sie zu trösten.

Es gibt Tage, da vermag einen nichts und niemand zu trösten, da muss man sich einfach in seinen Schmerz fallen lassen. Dann kommen wieder die Tage, wo einem die Erinnerungen helfen, den Schmerz zu ertragen. Sei es bei einem Lied, einem Buch, oder einem Menschen. Die Erinnerung zeigt wie das Leben mit dem geliebten Menschen war. In diesen Momenten sehe ich dich deutlich vor mir, du lachst mich an und bist mir zum Greifen nahe. Heute ist der letzte Tag vom alten Jahr und Anna kommt vorbei, damit ich nicht alleine bin. Das hilft mir ein wenig. Wir reden viel über dich und ich bin erstaunt, wie viel Anna von dir weiß. Solange sie da ist, geht es mir gut. Wenn ich dann alleine bin, steigt die Traurigkeit in mir hoch und die Tränen laufen mir über mein Gesicht. Dann versuche ich ganz fest an unsere schöne gemeinsame Zeit zu denken und irgendwann beruhige ich mich.

Nachts kann ich noch nicht schlafen, oft bin ich bis früh um 6 Uhr wach. Dann schreibe oder lese ich, erst wenn es hell wird, kann ich einschlafen. Silvester habe ich alleine mit dem Kater verbracht, er hat mich mit großen Augen angeschaut und laut geschnurrt. Ich habe ein Glas Sekt getrunken, meinen Heringssalat gegessen und an dich gedacht. Im Fernsehen kamen viele Songs, die du so gerne gehört hast, es hätte dir gefallen. Musik war deine große Leidenschaft, vor allem Blues, da konntest du stundenlang zuhören. Mit der Musik habe ich meine Probleme, einerseits freue ich mich, wenn ich „deine Lieder" höre, andererseits, macht es mich tieftraurig, weil du nicht mehr da bist. Es ist ein ständiges Auf und Ab und nie gleich. Was mich heute traurig stimmt, kann morgen schon ein Glücksgefühl in mir hervorrufen.

Dieses Wechselbad der Gefühle kann ich im Augenblick nicht einordnen. Genauso ist es mit den Filmen, die wir zusammen gesehen haben, manche berühren mich so stark, dass ich von Weinkrämpfen geschüttelt werde, andere helfen mir meine Traurigkeit in den Griff zu bekommen. Und immer wieder frage ich mich: "Habe ich alles getan, damit es dir gut geht, habe ich etwas übersehen, hätte ich mehr tun müssen."

Diese Fragen lassen mich nicht zur Ruhe kommen, ich bin mir auch sicher, dass sich viele Hinterbliebene diese Fragen stellen werden. Ich spreche immer wieder mit den Kindern und Enkeln darüber. Manchmal ist es mir klar, dann wieder nicht, aber ich spüre, wie wichtig es für mich ist, eine Antwort zu bekommen.

Noch gravierender ist die Frage, warum konnte ich nicht dabei sein, als du gegangen bist. Was hast du gesagt, hast du etwas gesagt, wolltest du, dass ich bei dir bin? Ich habe gelesen, dass die meisten Menschen alleine sterben, ob gewollt, oder ungewollt, das hätte ich so gerne gewusst. Ob ich es je erfahren werde, ob es wohl dann noch wichtig ist. Für dich muss es richtig gewesen sein, dein Gesicht war so schön und faltenlos es sah so friedlich aus, daran konnte ich sehen, du hast nicht mehr gelitten, keine Schmerzen mehr gehabt. Trotzdem tut es so weh, du bist nicht mehr bei mir. Ich bin froh, dass ein neues Jahr begonnen hat und ich wünsche mir, dass du glücklich bist, dort wo du jetzt bist. Das ist ein kleiner Trost für uns, die wir hier geblieben sind. Vor dem Sterben keine Angst haben, das konntest du, ich beneidete dich dafür, nicht viele Menschen empfinden das so.

In einem Buch konnte ich lesen, dass viele Menschen dann sterben, wenn ihre Angehörigen nicht dabei sind, weil es dann leichter für den Sterbenden ist. Was wissen wir schon? Vor einigen Jahren traute sich kaum jemand über unsere Toten zu sprechen, heute ist es anders geworden, wir machen uns Gedanken und wagen sie auch auszusprechen. Bücher werden darüber geschrieben, Wissenschaftler beschäftigen sich damit. Aber wie ist es wirklich, das kann niemand so genau sagen. Es ist tröstlich zu glauben, dass die Verstorbenen ihre Ruhe gefunden haben. Keine Schmerzen mehr empfinden und ihre Lieben hier auf der Erde beschützen.

An manchen Tagen spürt man diese Liebe und das macht glücklich. Dann kommen wieder diese dunklen und trostlosen Stunden, wo einen nichts und niemand helfen kann. Man fühlt sich elend und verzweifelt, möchte gar nicht aufstehen und einfach nur weinen. Das sollte man zulassen, so verrückt es sich anhört, auch weinen hilft bei der Schmerzbewältigung. Jeder Mensch muss selber herausfinden, wie er mit dem Schmerz umgeht. Keiner kann dabei helfen, jeder empfindet den Schmerz anders. Erinnerungen an den geliebten Menschen sind ebenfalls hilfreich, aber sie tun auch weh. Mir hilft es, wenn ich alles nieder schreiben kann. Eine liebe Bekannte, die ihren Mann verloren hat, redet mit Freunden darüber. Anderen Menschen helfen, ist auch eine Möglichkeit sich ein wenig besser zu fühlen. Wer es gar nicht schafft ohne den geliebten Menschen zu

sein, der sollte sich einem Arzt anver-
trauen. Auch trauern kann man lernen, es
ist wichtig und richtig, so zu trauern, wie
man es möchte.

Man darf alle Zeit der Welt brauchen, um
aus dem tiefen Loch der Verzweiflung heraus zu kommen. Und keiner hat das das
Recht, einem zu sagen, wie lange es dauern
darf. Gestern habe ich mit einer lieben Bekannten telefoniert, sie hat ihren Mann
auch vor wenigen Monaten verloren. Ihre
neue Welt ist es zu reisen, so empfindet sie
die Trauer nicht so arg, meinte sie. Aber
kurz darauf, wurde sie ganz traurig und wi-
dersprach sich. Es ist doch nicht einfach,
sagte sie, ich falle immer wieder ein tiefes
Loch und dann muss ich weinen. Okay,
hörte ich mich sagen, dann weinen wir zusammen und vielleicht wird es danach ein

wenig leichter. So verblieben wir und es half uns, sich ein wenig leichter zu fühlen. Besonders am Abend, wenn es dunkel wird und die Stille kommt, dann ist es fast unmöglich, mit dem Schmerz zu leben. Er bohrt sich förmlich in den Körper und überschwemmt ihn mit depressiven Gedanken. In diesen Augenblicken ist die Welt um uns herum trist und leer. Nichts zählt mehr, nur der tiefe Schmerz und die Leere, die einen umklammert und nicht loslässt. Sich fallen zu lassen, kann helfen, aber auch versuchen, heraus zu finden, aus diesem Jammertal.

Irgendwann werden der Schmerz weniger und die Gedanken klarer, aber es dauert lange. Stück für Stück, befreit man sich aus diesem Sumpf von Gedanken und atmet ein wenig durch. Das sind die kurzen Momente, wo ein kleines Licht unsere dunklen Gedanken erhellt und uns Mut macht, wieder an das Glück zu glauben. Dann erscheint uns das Leben wieder lebenswerter als zuvor.

Heute besuchte mich ein alter Freund den du auch kennst. Er war gerade 73 Jahre alt geworden und als er gehört hat, dass du nicht mehr hier bist, wollte er mich trösten. Seine Frau war schon einige Jahre tot und er sagte mir, dass er jeden Tag an sie denke. Was mir auffiel, er sprach mit einer Liebe und Bewunderung von ihr, und seine Augen leuchteten richtig. Man konnte sehen und hören, dass sie stets in seiner Erinnerung war, das gefiel mir und es tröstete mich auch. Es hat gut getan mit ihm zu reden und zu sehen, dass es ihm ganz gut ging. Aber er würde sie nie vergessen, betonte er, sie sei immer in seinen Gedanken und in seinem Leben. So sehe ich es auch, einen geliebten Menschen vergisst man nicht, er ist immer bei einem.

An diesem Abend fühlte ich eine große innere Ruhe und konnte endlich wieder acht Stunden schlafen. Immer wieder wünsche ich mir, dich zu sehen und mit dir zu reden, ich weiß, wenn die Zeit da ist, wird es so sein. Bis dahin versuche ich alles, um mich abzulenken und nicht immer wieder in die tiefe Traurigkeit zu versinken. Heute habe ich deine Musik gehört und mir vorgestellt, wie glücklich du warst. Auch im Auto hast du sie gehört und dabei gestrahlt. Irgendwann werde ich alle deine Musikstücke hören und versuchen genauso glücklich zu sein, wie du es warst. So vieles erinnert mich an dich, es ist als wärst du nur kurz weg gegangen und würdest gleich wieder kommen. In deinem Zimmer ist alles aufgeräumt und das Bild, welches ich nie mochte, finde ich jetzt sogar schön, ist das nicht verrückt?

Die Zeit vergeht so schnell und das Leben geht einfach weiter, und du bist nicht mehr da. Bald ist Ostern und da hast du mir immer kleine Geleeosterhasen und Ostereier geschenkt, die haben wir dann zusammen gegessen und uns gefreut. Und auch der frische Hefezopf gehört zu Ostern, denn „ein Ostern ohne Hefezopf ist kein Ostern", das waren deine Worte. Deine Oma hat den besten Hefezopf gebacken, so gut konnte es niemand. Deine Oma war dein großes Vorbild. Sie lernte dir, wie man kocht und bäckt. Wie ich das alles vermisse, deine „Linsen und Spätzle" und die „Kässpätzle", so gut konnte es keiner.

Viel zu viel hast du immer gekocht, aber du warst „happy" und hast dich gefreut, wenn es uns allen geschmeckt hat. Nicht zu vergessen deine Kuchen und Torten, daran darf ich gar nicht denken, ein echter Genuss. Kein Mensch konnte sich so sehr freuen wie du, wenn er für seine Lieben kochen konnte.

Unsere kleine Julie war immer glücklich, wenn du gekocht hast, denn meine Käspätzle schmeckten ihr gar nicht. Und deinen „Kuchen" fand sie „supiii." Es ist einsam ohne dich und wir alle vermissen dich so sehr. Wenn wir zusammen sind, dann reden wir viel von dir, und einer von uns sagte dann immer: "Der Charly hört uns zu und freut sich, dass wir an ihn denken." Unser Kater ist auch groß geworden und ich freue mich, dass ich ihn habe. Er merkt, wenn ich traurig bin und tröstet mich dann mit einem lauten „Schnurren" und einem leisen „Miau"

Heute ist die Katzenklappe gekommen, ich kann sie einbauen, dann muss ich den Kater nicht dauernd raus und rein lassen.

Du hättest deine Freude an dem Kater, kein Wunder, hast ihn ja selber ausgesucht. Dabei wolltest du doch einen Siamkater haben, aber du hast wie immer an mich gedacht. In deinem Leben wolltest du immer Anderen eine Freude bereiten und das ist dir auch gelungen. Wahrscheinlich hast du schon damals gespürt, dass du nicht mehr lange bleiben konntest und mir deswegen den Kater besorgt. Zuerst wollte ich auf einen Siamkater warten, aber du hast gesagt:" den holen wir uns später noch dazu." Das hat mich überzeugt und so kam der Kater zu uns.

Heute bin ich froh, dass du ihn ausgesucht hast und er bei mir ist, ich danke dir dafür. Wir hatten viele glückliche Jahre zusammen und das tröstet mich immer wieder. Aber es tut auch verdammt weh, dass du nicht mehr hier bist. Es ist ein ständiges Wechselbad der Gefühle, und niemand, der es nicht selbst erlebt hat, kann das verstehen. Alle diejenigen, die mir mit guten Ratschlägen beistehen wollen, sage ich den Kampf an und bitte sie mich in Ruhe zu lassen. Am liebsten bin ich zuhause oder bei den Kindern, da fühle ich mich gut.

Vor wenigen Tagen hat eine liebe Bekannte ihren Lebensgefährten verloren, sie versteht mich und ich verstehe sie, das verbindet und tröstet gleichzeitig. Man entdeckt Gemeinsamkeiten und sieht das Leben in einem anderen Licht als vorher. Dinge die vorher wichtig waren verlieren ihre Wichtigkeit und andere rücken an ihre Stelle. Man stellt fest; der Mensch ist das Wichtigste überhaupt, nicht das Geld und Gut, aber irgendwie wussten wir beide das schon vorher. Wie oft haben wir die kleinen Dinge des Lebens gesehen. Einen Schmetterling der auf einer Blume schaukelt, eine kleine Meise die vor dem Fenster sitzt und singt.

Du hast den frisch gefallenen Schnee geliebt, ich den Frühling mit seinen ersten Gänseblümchen. Das Alles ist noch da und erinnert uns daran, dass wir uns darüber freuen können, ich hier unten und du dort oben. Und an manchen Tagen spüre ich deine Nähe und fühle mich beschützt, dann weine ich weil ich so froh bin, dass es dich gegeben hat. Deine Seele wird es immer geben und sie wird immer bei mir sein, das ist ganz wundervoll für mich.

So bleiben wir immer verbunden, bis wir wieder zusammen kommen. Heute war ein schöner sonniger Tag und ich setzte mich in den Sessel auf der Terrasse. Der Kater sprang auf den Tisch und schnupperte am Lavendelstrauch. Ich sehe dich noch dort sitzen, als es dir noch gut ging. Es hat dir gefallen, die Ruhe, die Tannenbäume und das Pferd von unserem Vermieter. Wenn es mir ganz gut geht, sagtest du: „dann reite ich mal wieder wie früher." So glücklich hast du ausgesehen und deine blauen Augen leuchteten. In der frühesten Kindheit bist du auf einem Gut aufgewachsen, du warst sehr gut behütet und wolltest nicht so gerne in der Stadt leben. Nur in München hat es dir gefallen, das war deine Lieblingsstadt, aber dort wollte ich nicht hin. Es ist schon verrückt, wie das Leben so spielt. Irgendwie war ich immer in deiner Nähe, oder du in meiner.

Kennen gelernt haben wir uns aber erst in Mallorca, in einer Disco, wo du Musik aufgelegt hast. Viele Jahre ist es her, wir beide verliebten uns ineinander und arbeiteten zusammen, eine wunderbare Zeit. Und obwohl wir viel arbeiteten, fandst du immer

Zeit, mir die Schönheiten der Insel zu zeigen. Die verborgenen Buchten, die nur die Einheimischen kannten.

Auch die versteckten Fincas kanntest du und natürlich die Restaurants, wo es das wunderbare Essen gab. Es waren wundervolle Jahre, und wenn ich die Augen zumache, höre ich das Meer leise rauschen. Das alles kann mir niemand wegnehmen und ich denke gerne daran zurück. Vielleicht kann ich irgendwann noch einmal dorthin fliegen. Aber es wird nie mehr so sein, wie es einmal war. Viele Jahre haben wir auf der Insel gelebt und gearbeitet, gute Freunde gehabt und eigentlich wollten wir für immer da bleiben. Dann kam dein erster Herzinfarkt und dann der zweite, wir mussten nach Hause. In Deutschland angekommen, vermissten wir unsere Insel und fühlten uns gar nicht gut, obwohl es doch unsere Heimat war. Wir fanden Deutschland eng und die Menschen mürrisch, aber hier hatten wir die Familie und eine Arbeit, die wir beide bewältigen konnten. Am schlimmsten war das Klima: Viel Regen, alles grau in grau, kein blauer Himmel und kein strahlender Sonnenschein mehr. Auch kein Meeresrauschen und kein leichter Wind, der einen streichelte. Dazu noch die mürrischen Menschen und die ungewohnte Arbeit. Auch der betörende Duft der Mandelblüten und die Lavendelfelder fehlten uns. Am liebsten wären wir sofort wieder in das nächste Flugzeug gestiegen und nach Mallorca geflogen! Leider war es nicht möglich. Ganz langsam gewöhnten wir uns wieder in unserer Heimat ein und funktionierten. Unsere Kinder und Enkelkinder freuten sich, dass wir wieder zuhause waren. Begeistert hörten sie zu, wenn wir von Mallorca sprachen. Zum Glück hatten wir viele Bilder mitgebracht, die schauten wir uns an, wenn wir sehr starke Sehnsucht nach unserer Insel bekamen. Wir beide waren uns einig, es war die schönste Zeit in unserem Leben gewesen. Schon beim Schreiben dieser Zeilen, fühle ich eine tiefe innere Zufriedenheit. Wir waren so glücklich dort und davon kann ich immer träumen. In allen diesen Jahren haben wir so viel erlebt, wie wir es nie für möglich gehalten haben. Ich war schon vor dir dort gewesen und lebte in meinem kleinen Haus ganz alleine, nur mit meinem Hund und dem Kater. Dich lernte ich erst später kennen. Mein Kater hat sich sofort in dich verliebt, er war eigentlich immer mehr dein Kater als mein Kater. Er spürte auch immer, wenn du heim kamst, saß schon immer vor der Türe und wartete auf dich. Wenn du zur Türe herein gingst, sprang er auf deinen Arm und später legte er sich auf deinen Bauch und schnurrte laut. Jetzt habe ich wieder so einen Kater und er sucht dich immer noch. Er ist ein ganz lieber und sanfter Kater und sehr ver-schmust, wenn ich traurig bin, tröstet er mich. Neulich brachte er eine Drossel mit nachhause, sie lebte, er hatte ihr nichts ge-tan. Ich brachte den Kater in die Küche und die Drossel in den Garten zurück. Im Kat-zenbuch las ich, dass der Kater mir ein Ge-schenk machen wollte, aber so ein Ge-schenk mochte ich nicht. Er hat mit den anderen Katzen hier im Haus Freundschaft geschlossen. Manchmal schläft er auch beim Pferdle im Stall oder bei den anderen Katzen. Ich freue mich, dass du ihn noch ausgesucht hast, aber ich denke, du weißt das alles. Neulich habe ich dein Deo gerochen, es war sehr schön, aber auch traurig, weil ich dich nicht anfassen konnte. Wenn ich ganz traurig bin, ziehe ich deinen roten Pullover an, das hilft ein bisschen, dort rieche ich auch deinen Duft. Es ist schon verrückt, einmal bin ich froh, dann wieder todtraurig, es ist ein Wechselbad der Gefühle, und nicht zu ändern. So vieles geht mir durch den Kopf, ich frage mich, habe ich alles richtig gemacht, hätte ich mehr tun können, die Antwort bekomme ich nicht. Ist sie wichtig, ich weiß es nicht, ich versuche an all die schönen Dinge zu denken, die wir zusammen erlebt haben und bin dankbar dafür. In einem Fotoapparat war noch ein alter Film, Anna hat ihn entwickeln lassen, wir hoffen, es sind noch Bilder von dir dabei. Deine Bilder sind überall und Kerzen auch, immer wenn ich sie anzünde stelle ich mir vor, dass du bei mir bist. Dabei mochtest du Kerzen gar nicht, vor allem Duftkerzen, die ich so sehr liebe. Anna hat dir eine Schokoladenkerze gekauft, weil du so gerne Schokolade gegessen hast. Ich esse nicht mehr so gerne Schokolade, so alleine macht es weniger Spaß. Dafür esse ich Essiggurken ist doch seltsam. Und ich vermisse deine „Linsen und Spätzle" ganz arg, so kann sie keiner kochen, sie waren ein Gedicht. Ganz zu schweigen von deinen „Kässpätzlen", ich darf nicht daran denken, wie sie geschmeckt haben.

Dann waren da noch deine Kuchen und Torten, die macht dir auch keiner nach. Meine Kuchen sind meistens klein und bucklig, aber ich kann es nicht besser. Du siehst schon, du fehlst mir an „allen Ecken und Kanten", aber damit muss ich fertig werden, gräme dich nicht, ich arbeite dran. Bis ich es geschafft habe, rede ich mit dir und du kennst mich ja, ich rede gerne und viel. Ich schreibe viel und lese wieder schöne Bücher. Ich habe im Internet einen Laden entdeckt, wo die Bücher zwischen einem und fünf Euro kosten, das hilft kräftig sparen. Mit deiner früheren Chefin habe ich auch telefoniert, sie war sehr traurig, als sie erfahren hat, dass du nicht mehr bei uns bist. Und sie hat ihre Firma nicht mehr, nur noch einen kleinen Nebenjob, weil die bekannte Firma ihre Bedingungen nicht erfüllt hat. Sie möchte demnächst zum Kaffee vorbei kommen. Du siehst, ich lerne neue Menschen kennen und werde abgelenkt, aber ein Ersatz für dich ist das nicht. Wenn ich wieder alleine bin, dann überfällt mich wieder die Traurigkeit. Demnächst werde ich alle unsere Bilder sortieren und in die Fotoalben einkleben, dann kann ich sie immer wieder ansehen und in Erinnerungen schwelgen. Damit du mir nahe bist, habe ich mir deine Schuhe ausgeliehen, der Kater hat zwar gemeckert und sich draufgelegt, aber als er draußen war, habe ich sie angezogen. Ich kann gut darin laufen und sie sind ein Stück von dir, das tut mir gut. Im Moment teilen wir uns deine Schuhe, tagsüber laufe ich darin herum, und wenn ich sie nicht trage, dann liegt der Kater auf den Schuhen. Mit deinen Brillen ist es genauso, ich habe in jedem Zimmer, auch WC eine Brille und das hilft mir auch, du siehst, du bist überall.

Du hast mich so gut vorgesorgt, in unserem Haus ist alles da, was man so braucht, das treibt mir oft die Tränen in die Augen, weil du so fürsorglich warst. Daran sehe ich immer wieder wie du an mich gedacht hast. Dann stelle ich mir vor, wie du von oben auf mich runter schaust. Manches Mal wirst du den Kopf schütteln, ab und zu mal nicken, daran halte ich mich fest.

Nächste Woche werde ich wieder mal „Schinkennudeln" kochen, ich habe bis jetzt nur einmal ein Nudelgericht gekocht; esse im Moment nur Kartoffeln oder Reis. Frische Brötchen oder Brezen mag ich im Augenblick nicht, sie erinnern mich an frühere Zeiten. Weißt du noch, wie wir beide schon um 5 Uhr früh warme Brötchen vom Bäcker geholt haben. Oder am kleinen See gesessen und den Fröschen zugehört haben. Was haben wir gelacht, wenn sie ihr Froschkonzert anstimmten. Es war eine schöne Zeit gewesen und im Moment fühle ich mich gut, freue mich, dass wir das zusammen erlebten und glücklich waren. Es sind noch so viele Dinge über die ich schreiben muss. Ich sitze in deinem Zimmer und da hängt dein Bademantel, er ist noch aus Spanien, aber ich behalte ihn, obwohl er schon so alt ist. Manches Mal ziehe ich ihn auch an, das gibt mir ein Gefühl der Geborgenheit, ich fühle mich irgendwie beschützt. Auf dem Fensterbrett steht das kleine Mandarinenpflänzchen, das du vor vielen Monaten gepflanzt hast.

Vier Blättchen waren dran, und jetzt ist es richtig schön geworden, drei Blätter sind dazu gekommen und es ist in die Höhe geschossen. Auch die Clivie bekommt ein Blatt nach dem anderen. Das allerschönste ist die Pantoffelblume, sie blüht sehr schön, oft sind es zwei Blüten auf einmal. Dabei habe ich keinen grünen Daumen, es kommt von dir, du hattest schon immer ein Händchen für Pflanzen, Ich freue mich schon wenn der Frühling endlich da ist, dann wächst der Lavendel wieder und die Wegwarte, Gino brachte sie von einem Spaziergang mit, ein paar Tage später bekam sie ihre schönen blauen Blüten. Vor einigen Tagen sah ich einen jungen Falken, der ging hier im Garten spazieren, der Kater wollte unbedingt raus, aber das fand ich nicht gut, also blieb er drin. Sogar wenn ich

Rindfleischsuppe koche, bist du in meinen Gedanken, und das Innere vom Markknochen streiche ich auf mein Brot, so wie du es früher immer getan hast. Nur den Schweinebraten kann ich noch nicht kochen, er war dein Lieblingsessen, genauso wie der Grießbrei mit Zucker und Zimt, das hebe ich mir für später auf, wenn es nicht mehr so schlimm ist, mit den Gedanken. Es wird noch lange dauern und immer wieder wird die Erinnerung wehtun, dann werde ich versuchen mich ab zu lenken. Heute Abend fielen mir die CD s von Peter Maffay in die Hände, dein Lieblingslied „So bist Du" war auch dabei, seit deiner Beisetzung habe ich es nicht mehr gehört. Heute nach vielen Monaten musste ich es einfach anhören. Es ist ein wunderschönes Lied und aus jeder Zeile höre ich die tiefe

Liebe heraus. Es tut so weh und gleichzeitig tröstet es mich, ich sehe dich vor mir, wie du es immer wieder abgespielt hast, so, als wolltest du mir sagen, wie sehr du mich liebst. Damals habe ich gespürt, dass du mir sagen wolltest, ich muss gehen. Aber ich wollte es nicht hören, jetzt ist es das Lied, das ich öfter hören werde und dann fühle ich wie nah du mir bist und immer warst. Ach Charly, es ist so schwer ohne dich und oft frage ich mich, ob das alles noch einen Sinn hat, so ohne dich. Aber ich darf nicht undankbar sein, mir geht es ganz gut und die Kinder und Enkelkinder freuen sich, wenn sie mich besuchen können. Und als ob es nicht schon traurig genug wäre, fängst es jetzt an zu regnen. Meine Gedanken fliegen gerade nach Spanien in mein Haus. Ich war erst wenige

Tage auf der Insel und erlebte einen Regen, wie ich ihn noch nie gesehen hatte. Es schüttete wie aus Kübeln, das Licht fiel aus und das Wasser kam durch das Dach herein. Ich stellte überall Eimer auf und suchte nach Kerzen, es sah gespenstisch aus, nur mein Hund und der Kater waren im Haus, und im Garten saß ein Affe auf meinem Baum. Ich schrie und keiner hörte mich, weil mein Haus oben auf dem Berg stand und ich keine direkten Nachbarn hatte. Später erfuhr ich, dass der Affe ein Schimpanse war und Mali hieß, er gehörte einer spanischen Familie die in der nächsten Straße wohnten. Recht wohl fühlte ich mich nicht so ganz alleine in meinem Haus. Der Hund ein totaler Angsthase versteckte sich beim kleinsten Geräusch hinter mir, und der Kater schlief meistens. Es wurde erst besser, als ich unten in der Einliegerwohnung einen Untermieter bekam. Dann habe ich dich kennen gelernt und ab da, fühlte ich mich sicher in meinem Haus. Gleich hinter meinem Haus lag ein kleiner Wald, dort holten wir meistens Holz für den Kamin. Die Kiefernzapfen brannten besonders gut und oft saßen wir vor dem Kamin, tranken ein Glas Wein und hörten Musik. Zu dem Haus gehörte ein großer Garten in dem die bekannte Aloe wuchs, eine Pflanze die kleine und größere Wunden schnell heilte. Um das Haus herum zog sich eine Mauer auf der sich ein schmiedeeisernes Geländer befand. Das Haus hatte ein Flachdach, im Sommer konnte man dort oben schlafen, wenn es im Haus zu warm. Allerdings nur mit einem Moskitonett, denn die Biester stachen erbarmungslos zu. Zu der einzigen Laterne vor dem Haus flogen die Fledermäuse, ab und zu verfingen sie sich in unseren Haaren. Ich schrie wie am Spieß, du lachtest nur und meintest, wo die Fledermäuse sind, da ist die Natur noch in Ordnung. Wunderschöne wilde Lilien in weiß, gelb und blau blühten im Garten und verbreiteten ihren süßen Duft.

Zitronen und Orangenbäume blühten und trugen gleichzeitig Früchte, oft sogar zweimal im Jahr. Für uns war die Insel ein kleines Paradies und wir lebten viele Jahre dort. Dort zu arbeiten war nicht immer leicht, die Hitze nervte und erschwerte die Arbeit, aber das Meer und die wundervollen Sandstrände entschädigten uns dafür. Als ich dich kennen gelernt habe, plagte dich dein Asthma, nach wenigen Monaten war es verschwunden und dir ging es gesundheitlich wieder gut. Viel erlebten wir beide zusammen und manche Hürde überstanden wir in den langen Jahren. Noch öfter werde ich in Gedanken auf die Insel zurückkehren und von ihr und von uns berichten. Von unseren deutschen und spanischen Freunden erzählen, über die Schönheiten der Insel und die Gastfreundlichkeit der Insulaner.

Der Unterschied zwischen uns und den Spaniern ist mit wenigen Worten gesagt, wir sind eher nüchtern, die Spanier zeigen Gefühl. Die Familie ist immer der Mittelpunkt in ihrem Leben, die Kinder achten ihre Eltern und kümmern sich immer um sie. Wird ein Haus gebaut helfen alle zusammen, immer und überall steht die Familie an allererster Stelle. Drei Generationen in einem Haus sind keine Seltenheit, ein Auto für die ganze Familie ebenfalls nicht. Wer keine Arbeit oder kein Geld hat, wird von der Familie unterstützt, es ist ein ständiges Helfen und Sorgen für und um die Familie. Soviel Herzenswärme wie in Spanien haben wir selten erleben dürfen. Auch uns gegenüber waren die Spanier hilfsbereit und warmherzig. Von ihnen können wir noch einiges lernen. Aber davon später noch mehr. Zurück im kalten Deutschland haben wir viel von unserer Lebensqualität und Lebensfreude eingebüßt. Empfangen wurden wir von hektischen Menschen, die keine Zeit hatten und von einem Klima, welches wir gar nicht leiden konnten. Alles grau in grau, kein

75

einziger Sonnenstrahl zeigte sich und dazu regnet es in Strömen und das tagelang. Am liebsten wären wir gleich wieder zurück geflogen, aber es ging aus gesundheitlichen Gründen nicht, deswegen blieben wir in unserer Heimat und träumten von Spanien. Ganz bald wollten wir wieder dorthin zurückkehren, aber leider konnten wir es nicht. Nach deinem ersten Herzinfarkt war es sicherer in Deutschland zu bleiben. In deinem Beruf konntest du nicht mehr arbeiten und hier warst du besser abgesichert, mit Krankengeld und anderen Sachen. Ziemlich schnell haben wir beide Arbeit gefunden und eine kleine Wohnung. Was für ein Unterschied, hier eine kleine 2 Zimmerwohnung und in Spanien ein Haus mit Garten. Dazu noch das triste Wetter und die unfreundlichen Menschen.

Die Arbeit schlecht bezahlt und nicht das was wir eigentlich wollten. Aber es ging nicht anders und wir hofften so schnell wie möglich wieder auf unsere Sonneninsel zurück zu kehren. So arbeiteten wir viele Jahre in unserer Heimat, die uns so fremd geworden ist. Wir vermissten den Garten und die Terrasse, wo wir abends immer gesessen hatten. Da es tagsüber sehr heiß war und erst am späten Abend abkühlte, fühlten wir uns draußen sehr wohl. Das alles gab es in Deutschland nicht, aber der Winter belohnte uns mit Schnee, den wir sehr liebten. Und unsere Familie war auch hier, die Kinder und Enkelkinder, das tröstete uns sehr. Wenn wir beide zusammen saßen, schweiften unsere Gedanken immer wieder in die Ferne und wir redeten über alte Zeiten. Gerade denke ich daran, wie du mich gefragt hast, ob ich dich heiraten möchte. Ich sagte nein, ich wollte das nicht, eine Ehe sei genug. „Okay, dann frage ich dich, solange bis du „Ja" sagst, hast du mir geantwortet." Wir sind spazieren gegangen und plötzlich bist du auf die Knie gegangen, hast die Arme ausgebreitet und ganz laut gefragt: "Willst du mich heiraten?" Die Leute blieben stehen und lachten, ich wurde ganz verlegen, du immer noch vor mir auf den Knien. „Willst du?", ich frage dich ein allerletztes Mal, sagtest du noch lauter? „Ja, ich will, aber steh endlich auf", antwortete ich. Du hast so glücklich ausgeschaut, mich hoch gehoben und herum gewirbelt. Die Leute haben geklatscht und sich mit uns gefreut. Es sollte noch Monate dauern, bis wir endlich heiraten konnten. Immer wieder fehlten Papiere. Im September 1988 heirateten wir in Deutschland. Diese Hochzeit werde ich nie vergessen, es war eine Hochzeit mit Hindernissen. Und es ging alles schief, was nur schief gehen konnte. Angefangen bei der Hochzeitsreise, die wir mit der Bahn planten. Im Zug gab es Fenster, die man nicht öffnen konnte. Der Zug so überfüllt, dass die Leute im Gang saßen und überall die Gepäckstücke herum standen und lagen. Das WC ständig besetzt und die Luft verbraucht. Wir waren in einem Abteil mit anderen Menschen die ihre Füße auf die Sitzbänke legten und sich breit machten. Nach vier Stunden machte die Grenzpolizei ihre Runde und verhaftete dich. Ich war total entnervt und fragte, was passiert sei. Die Antwort: "Das wüsstest du schon."

Ich fuhr nach Hause und wartete auf dich. Nach vielen Stunden bist du mit der letzten S-Bahn gekommen. Meine Mutter, die dich noch nie gesehen hatte, tötete dich mit ihren Blicken, meine Brüder murmelten etwas von Heiratsschwindler. Am nächsten Tag gab es noch einiges zu erledigen und die Stimmung blieb weiter frostig. Wir beide gingen in ein nettes Lokal und du erzähltest mir, was du alles erlebt hattest. Fest genommen wurdest du, weil du den Führerschein nicht abgegeben hast. Konntest du nicht, denn zu der Zeit befandest du dich schon in Spanien. Dann sah der Polizist deine teu re Uhr und die Goldkette und fragte nach deinem Beruf. Deine Antwort, du bist Maler und arbeitest in Mallorca.

Er lachte schallend und antwortete: "Ich bin Bananenbieger in Afrika". Zum Glück durftest du einen Anwalt anrufen.

Du kanntest ihn gut und deswegen erschien er innerhalb einer Stunde und du durftest gehen. Weil die S-Bahn noch nicht da war, hast du auf sie gewartet und dich auf eine Bank gesetzt. Plötzlich klopfte dir ein Polizist auf die Schulter, es war erneut eine Kontrolle, er forderte dich auf, mit zu kommen. Auf der Wache stellte sich heraus, dass der Anwalt aus Versehen das Protokoll mitgenommen hatte, ein Anruf und du konntest gehen. Jetzt wollte dich die Polizei nachhause bringen, aber das wolltest du nicht. Deswegen dauerte es solange, aber jetzt waren wir wieder zusammen. Nach zwei Wochen konnten wir endlich heiraten, meine langjährige Freundin und der Mann meiner Schwester standen uns als Trauzeugen zur Verfügung. Das Festessen bestand aus Weißwürsten und Brezeln, am Abend gab es eine schöne Vesperplatte, die meine Schwester hergerichtet hatte. Die Stimmung noch immer eisig, aber das störte uns nicht mehr, wir blieben nur einige Tage. Besuchten die Kinder und Enkel und fuhren nach Frankreich. Es erwartete uns ein ekelhaftes Wetter, wenig Sonne, viel Regen, aber ein nettes kleines Hotel. Das gebuchte Zimmer gefiel uns überhaupt nicht, wir buchten um und bekamen ein kleines Apartment mit Terrasse. Das Essen bestand aus fünf Gängen und schmeckte wunderbar. Der Hotelier verwöhnte uns und wir saßen oft mit ihm zusammen und unterhielten uns. Wenn es gerade nicht regnete gingen wir

spazieren und freuten uns über die Wild-
pferde, die Flamingos und den Duft der Lavendelfelder. Dann endete unsere Hochzeitsreise, wir mussten nachhause. Leider
konnten wir das nicht, der Regen machte
eine Zugfahrt unmöglich. Endlich nach
vier Tagen traten wir wieder per Zug die
Heimreise an. Zum Schluss nahmen wir
die Fähre, das dauerte acht Stunden, ich
freute mich schon darauf. Wenn das Meer
ruhig ist, dann gleitet die Fähre langsam
dahin und das Meer sieht freundlich aus.
Dieses Meer sah böse aus, hohe Wellen,
ein Geschaukel, und Leute die grün aussa-
hen, weil ihnen schlecht war. Mein Mann
stand draußen an Deck und freute sich über
die hohen Wellen, ich saß in der Kajüte mit
einem Eimer vor mir, ich fühlte mich hun-
deelend. Essen konnte ich nicht, mir drehte

sich schon der Magen beim Ansehen der Gerichte um, meinem Mann schmeckte es. Da entdeckte mein Mann die Spielautomaten und setzte mich davor, das lenkte mich ab, und mir ging es ein wenig besser. Endlich erreichten wir unsere Insel, nur noch ein Taxi, dann konnten wir uns ausruhen. Ich wollte nur noch ins Bett und schlafen, das tat ich dann auch. Wach wurde ich, weil du mich geweckt hast. Geschüttelt und gerufen:" Aufwachen". Mann war ich sauer, wollte weiter schlafen und schrie dich an:" Hau ab, lass mich in Ruhe, ich bin todmüde."

Du hast mich weiter geschüttelt und gerufen, da wurde ich echt sauer und sprang aus dem Bett. Erst jetzt bemerkte ich, dass du ganz aufgeregt vor meinem Bett standest. Du hast zwei Tage geschlafen, da ist doch klar, dass ich Angst um dich habe, sagtest du. Das konnte ich nicht glauben, und sagte, das stimme nicht. Erst als ich den Fernseher einschaltete und das Datum gesehen hatte, war ich erschrocken, es tat mir so leid und ich entschuldigte mich bei meinem Mann. Jetzt bin ich schon wieder auf unserer Insel gelandet, zwar nur in Gedanken und ich denke, da bleibe ich jetzt. Hier begann alles und hier erlebten wir viele Dinge, die uns noch mehr verbunden haben. Nie werde ich vergessen, wie du eines Abends um 21 Uhr heim gekommen bist und ich unbedingt vor die Tür kommen sollte, weil da eine Überraschung stand. Zuerst begriff ich nicht was du mit der Überraschung gemeint hast, denn ich sah nur einen riesigen Möbelwagen vor dem

Haus stehen. Du hast mich strahlend angesehen und gefragt ob er mir gefällt. Ich schaute dich an und wollte wissen, warum du einen Möbelwagen mitgebracht hast. „Ja, das ist unser zweites Standbein, wir machen jetzt auch Umzüge", war deine Antwort. Natürlich musste ich einsteigen und mit dir eine Runde fahren. Zugegeben, es gefiel mir, so auf die anderen Autos herunter zu sehen. Und viel Platz gab es auch. Das ist ein Möbelwagen mit einer Hebebühne, da sind die Umzüge ganz leicht zu bewältigen, ich finde es toll, und dann wurde die Hebebühne rauf und runter bewegt um mir zu zeigen, wie einfach alles war. Natürlich fuhren wir mit dem Möbelwagen in die nächste Pizzeria um ein wenig zu feiern.

Bei dieser Gelegenheit sahen die Leute gleich, dass wir einen Möbelwagen hatten, einen gelben noch dazu. Und es kam wie es kommen musste, eine Woche später bekamen wir schon den ersten Auftrag. Zu dieser Zeit besuchte uns der Sohn, er sollte gleich beim Umzug mit anpacken. Er freute sich nicht so sehr, denn sein Vater sagte ihm, er könne gleich hier bleiben und immer mit helfen. Es blieb bei diesem einen Umzug mit Vater und Sohn. Der Sohn mochte kein Möbelpacker sein und fuhr wieder nachhause. Zum Glück hatten wir einen Mann der sich freute Geld zu verdienen und so war der Möbelwagen nicht umsonst gekauft worden. Bald kannte unseren gelben Möbelwagen viele Umzugswillige und das Geschäft lief an. Mein Mann war in eine Marktlücke gestoßen, denn es gab zu dieser Zeit noch keine Spedition, die kleine Umzüge machte. Die meisten Umzugsunternehmen fuhren Deutschland Spanien und wieder zurück. Vor meinen Augen sehe ich meinen Mann strahlend in seinem gelben Möbelwagen sitzen und Möbel schleppen. Er hat gearbeitet, obwohl es oft über 40 Grad heiß war, ich habe selten einen Menschen so gerne arbeiten sehen der gleichzeitig auch noch so fröhlich sein konnte. In diesen Momenten wird es mir schwer ums Herz und ich kämpfe mit den Tränen, weil er nicht mehr bei mir ist und mich mit seiner Fröhlichkeit ansteckt. Ich versuche daran zu denken, wie viel schöne Stunden wir zusammen verbrachten und bin dankbar dafür. Es ist ein auf und ab, Fröhlichkeit auf der einen, Traurigkeit auf der anderen

Seite. Wenn ein geliebter Mensch gegangen ist, dann glaubt man es zuerst nicht, denkt, er kommt jeden Moment nachhause. Dann wird einem schmerzlich klar, er kommt nie wieder, er ist weg für immer. Und dann will man sich am liebsten irgendwo verkriechen und nie mehr heraus kommen. Einfach nichts tun, nur weinen und weinen, sich in den Schmerz fallen lassen und fast verzweifeln. Aber das Leben geht weiter und die Sonne scheint weiter, die Blumen blühen weiter und man denkt wie gemein das Leben ist.

Jetzt fällt einem alles schwer, das Aufstehen, das Duschen, das Anziehen und sogar das Essen macht keinen Spaß, was soll das alles noch, für wen soll man sich schön machen, fröhlich sein, kochen und alle diese Dinge? Dann klingelt auch noch das

Telefon, es läutet an der Türe:" lasst mich doch alle in Ruhe, ich bin nicht da, ich will euch nicht sehen, mir geht es schlecht!" Auch das noch die Tochter besitzt einen Hausschlüssel, kommt herein, schüttelt den Kopf, reißt das Fenster auf und kocht Kaffee, legt die frischen Brötchen in den Brotkorb. Versteht mich denn keiner, sage ich heulend, was wollt ihr denn von mir, ich will nichts essen, ich will sterben! Die Tochter erschrickt, nimmt mich in ihre Arme und versucht beruhigend auf mich einzureden. Dann meint sie aufräumen zu müssen, ich heule weiter vor mich hin, kaue aber auf ihren Wunsch an einem Brötchen herum, der Kaffee schmeckt mir auch nicht. Wann hört dieses Elend endlich auf, wann kann ich wieder normal leben

und werde nicht mehr von Weinkräften geschüttelt und von Zweifeln zerrissen? Die
Zweifel die mich nicht schlafen lassen, die
immer wieder die gleichen Fragen aufwer-
fen. Habe ich genug getan, habe ich alles
richtig gemacht, hätte ich mehr machen
können. Warum war ich nicht da, als er ge-
storben ist, habe ich ihn alleine gelassen,
es ist zum wahnsinnig werden. Das aller-
schlimmste daran ist, man bekommt keine
Antwort. Dann kommen die Nächte, dunkel, nebelig, regnerisch, voller Geräusche,
ein Horror. An Schlaf ist nicht zu denken,
Fernsehen hilft nur kurzfristig, der PC
lenkt manchmal ein wenig ab. Das Einzige
das mir ein wenig hilft ist das Schreiben,
da kann ich meinen Gefühlen und Gedanken freien Lauf lassen und mir alles was

mich so niederdrückt von der Seele schreiben. Meine Tränen fließen auch hier und manchmal muss ich aufhören, weil es so weh tut. Ich schreibe das alles nieder, weil ich anderen Menschen, die den gleichen Schmerz verspüren wie ich helfen möchte. Ihnen sagen will, trauert, lasst den Schmerz raus, wenn euch danach ist, lebt so, wie ihr könnt, lasst euch fallen, niemand soll euch sagen, ihr sollt euch zusammenreißen und mit dem Geheule aufhören. Oder euch einen Nervenarzt empfehlen. Es ist eure Trauer und euer Schmerz und den dürft ihr so erleben wie ihr es für richtig haltet. Dazu gehören die Nächte, in denen man nicht schlafen kann und herum geistert, die Tage, wo man sich ins Bett legt um den Schlaf nachzuholen, den man nachts versäumt hat. Die unaufgeräumte Wohnung und die Unlust sich zu baden und anzuziehen. Den Hunger, den man nicht hat und das Bedürfnis nicht zu kochen. Irgendwann kommen dann wieder Momente, in denen man sich mit Gleichgesinnten unterhalten möchte, sie befragen, wie denn ihr geliebter Mensch von ihnen gegangen ist und ob sie ihn beim Sterben begleiten konnten. Wer dieses Bedürfnis hat, der sollte ihm nachgehen, manchmal hilft es wirklich. Eine Bekannte von mir, deren Mann auch verstorben ist, geht jeden Tag auf den Friedhof, ich kann es nicht. Ein Bekannter von mir geht öfter in eine kleine Kapelle um seinen Gedanken nachzuhängen. So sucht sich jeder Mensch den Weg den er gehen will und kann und der ist, so finde ich es für ihn richtig. In dieser schweren Zeit kann man nicht immer mit dem Kopf denken, das Herz sollte sprechen. Natürlich sind Bücher ein großer Trost und ich habe schon sehr viele gelesen und einige lese ich immer wieder weil sie mir helfen. Meine Schwester ruft mich jeden Tag an und das hilft mir ebenfalls. Meine Freundin kümmert sich um mich und meine Kinder und Enkelkinder sind rührend um mich besorgt. Sogar mein Kater merkt, dass ich traurig bin und schnurrt ganz laut. Alle diese Begebenheiten tragen dazu bei, dass man sich ein wenig beruhigen kann, sich vornimmt, nicht mehr soviel nachzudenken und wieder zu leben. Irgendwann wird es mir gelingen aus dem Tal der Verzweiflung herauszufinden.

Dann ganz langsam den Berg der Hoffnung erklimmen um wieder richtig atmen zu können. Vermutlich wird es nie wieder so sein, wie es einmal war, aber es wird ruhiger sein und der Schmerz ein wenig verblassen. Die schönen Dinge, die wir zusammen erleben durften können dann in den Vordergrund treten und die Schwere meines Schicksals in den Hintergrund verdrängen. Vielleicht kann ich irgendwann die Orte besuchen in denen wir so glücklich waren ohne gleich in Tränen auszubrechen, das wünsche ich mir. Dazu kommen immer wieder die Menschen, die ungefragt ihre Meinung äußern und alles noch schlimmer machen mit ihren gut gemeinten Ratschlägen. Ihnen könnte ich manchmal den Hals umdrehen wenn sie sagen, was ich tun kann, um meinen Seelenfrieden wieder zu finden. Sie haben doch gar keine Ahnung, wie es ist wenn ein geliebter Mensch plötzlich nicht mehr da ist. Es ist so, als sei eine Hälfte von einem Ganzen einfach weg gerissen worden. Dieser Teil fehlt immer und überall, egal was man tut, man ist bis ins Mark getroffen und verwundet. Und da kommen dann Leute und reden von Zusammen reißen und nicht gehen lassen. Was für ein Hohn und was für eine Rohheit, die einem da entgegen geschleudert wird. Bei diesen Worten verstummt man und vergräbt sich noch mehr, weil sie nicht trösten können. Man weiß doch selber dass es so tränenreich nicht weiter gehen kann. Und man versucht doch alles, um wieder ein Leben ohne den geliebten Menschen zu leben, aber der Schmerz packt einen immer wieder mit voller Wucht und wirft einen zu Boden. Dann gibt es wieder einige helle Momente in denen ein wenig Licht ins Dunkel dringt und die Verzweiflung ein wenig mildert. Der Pullover von ihm den er so geliebt hat, oder das T-Shirt das er zuletzt anhatte. Ich habe es nicht gewaschen, sein Duft erinnert mich daran, wie er mich immer zärtlich in den Arm genommen hat. Mit seinem Shampoo wasche ich meine Haare und ich versprühe sein Deo, um ihm nahe zu sein. Wenn es mir gut geht, dann träume ich davon, wie wir uns kennen gelernt haben und was wir alles miteinander erlebt haben. Wir haben in Spanien einen alten Gutshof besucht und dort gab es viele Ziegen und Schafe. Ich fragte ihn warum die Spanier ihre Ziegen scheren? Er lachte und meinte: "weil es Schafe sind"! Ich schämte mich richtig, weil es einige Leute hörten und auch lachten. Viele solcher kleinen Episoden durfte ich erleben und dafür bin ich dankbar. Und wenn ich dann ein Paar sehe, das sich anschweigt oder streitet, dann würde ich ihnen am liebsten zurufen:" vertragt euch, seid lieb zueinander"! Aber das könnten viele nicht verstehen, vermutlich bekäme ich auch noch blöde Sprüche zu hören, deshalb denke ich mir meinen Teil. Was mich am meisten erschreckt, ist die Rohheit mir der die Menschen einem begegnen. Sie erwarten doch wirklich, dass man nach wenigen Monaten den Menschen vergisst mit dem man sein Leben verbracht hat. Man soll wieder funktionieren, so tun, als sei die Welt in

Ordnung, einfach wieder zur Tagesordnung übergehen und wieder fröhlich sein. Es ist nicht möglich, das alte Leben so weiter zu leben, als wäre nichts geschehen, das braucht Zeit. Und ob es wieder so wird, wie es einmal war, das glaube ich nicht. Man tut alles um sich abzulenken, um nicht immer wieder in das tiefe Loch der Verzweiflung zu fallen, aber der Schmerz wirft einen immer wieder zu Boden. An manchen Tagen scheint ein winziger Sonnenstrahl in das Dunkel der Gefühle und der geliebte Mensch erscheint in unseren Träumen und wir fühlen uns ein wenig besser. Vor einigen Tag war mir dieses Erlebnis gegönnt, mein Mann war plötzlich da, er war jung und gesund und lächelte mich an. Ein warmes Gefühl des Glücks durchströmte mich und ich fühlte mich

sehr gut. Als ich es meiner Bekannten erzählte, sah sie mich ungläubig an und sagte
nichts. Meine Schwester verstand mich, sie
hatte diese Begegnungen schon öfter erlebt. Es gibt wenige Menschen, mit denen
man darüber reden kann, das finde ich sehr
schade. Denn ich denke, gerade solche Begebenheiten helfen dabei sich wieder zu
beruhigen und den Schmerz ein wenig in
den Hintergrund treten zu lassen. Wir wissen viel zu wenig von den Seelen unserer
Verstorbenen, an manchen Tagen meine
ich sie zu spüren, das sind dann die Tage,
wo ich mich gut und beschützt fühle, aber
sie dauern nicht lange. Dann bricht wieder
der Schmerz über mich herein und ich
kann nur noch weinen. Ich hoffe, du siehst
es nicht, denn ich möchte, dass es dir gut
geht und du dich wohl fühlst, wo du bist.

Neulich habe ich von dir geträumt und dich gesehen, du warst jung, gesund und sahst so richtig glücklich aus.

Später habe ich dann meine Schwester gefragt, ob sie es für möglich hält, dass du dich verliebst. Sie hat gelacht und gemeint, das brauchst du nicht, weil du jetzt auch so glücklich bist, das hat mich getröstet. Was man so alles denkt, wenn man plötzlich alleine ist.

Frau Z. war auch zu Besuch, sie ist viel auf Reisen und sagt, es tue ihr gut. Ich bin lieber zuhause, aber manchmal möchte ich doch weg, nur wohin, das kann ich nicht sagen.

Ich habe jetzt einen Rollator für draußen, er hat einen Einkaufskorb und rate mal wer sich da hinein legt, ja, es ist der Kater. Bestimmt geht er irgendwann mit mir spazieren. Es gibt schöne Wege hier, einfach den Berg ein Stückchen hoch und dann einen langen Feldweg entlang, ist herrlich. Wenn ich müde bin, setzte ich mich auf den Sitz und ruhe mich aus.

Mein Bruder hat mir ein ganz neues Handy geschenkt, damit ich immer erreichbar bin, finde ich total gut. So vergehen die Tage, in den Nächten schreibe ich sehr viel, das lenkt mich ab und ich fühle mich ein wenig besser.

Ein neues Tierbuch habe ich auch geschrieben, natürlich handelt es von unserem Kater, er ist ein frecher Lausbub geworden und nervt oft, aber so kann ich alles aufschreiben und meine Enkelkinder können es später lesen.

Von Alexander kann ich Neues berichten. Er ist ein wichtiger Mann in seiner Firma geworden. Ich bin sehr stolz auf ihn. Sonja unterrichtet als Sprachförderdozentin an einer Grundschule und meine kleine Enkeltochter Julie ist schon neun Jahre alt. Natürlich liebte sie den Kater schon von der ersten Begegnung an und er sie auch. Die Drei kümmern sich ganz liebevoll um mich. Und wenn meine kleine Julie merkt, dass ich traurig bin, dann erzählt sie mir, dass du auf einer Wolke am Himmel sitzt und nicht willst, dass ich traurig bin.

Mit meiner ehemaligen Schwägerin telefoniere ich oft, sie hat mit ihren 83 Jahren ein wunderschönes Büchlein geschrieben und verlegt, finde ich einfach super. Und obwohl ihr Siegried so krank ist, er hat De-

menz, versucht sie fröhlich zu sein. Siegfried kann sich noch gut an dich erinnern,
besonders an deine „Gefüllten Paprika-
schoten", die es ohne Nudeln gab, er ist
doch ein begeisterter Nudelesser.

Gerade hat mir Jutta erzählt, dass ihr Ver-
leger eine Anthologie heraus gibt. Ich
werde mit ihm telefonieren und fragen, ob
ich noch mit schreiben kann. Ich bin so
froh, dass ich immer noch schreiben kann,
es hilft mir sehr viel bei der Trauerbewäl-
tigung.

Ich hoffe, die Lesungen bleiben mir er-
spart, du kennst mich ja, ich mag so gar
nicht in die Öffentlichkeit, aber vielleicht
geht es mit Jutta, da wäre ich nicht so alleine. Oft hast du mir gesagt, ich soll Lesungen machen und ich habe mich immer

geweigert, dabei hättest du mich sicher unterstützt. Im Moment arbeite ich an einem neuen Buch, es wird ein Katzenbuch, über unseren Kater Samy und seine Erlebnisse. Er hat sich dein Zimmer ausgesucht, dort liegt er auf deinem Sofa und schläft. Ab und zu schläft er auch unter dem Sofa in einer Schachtel. Ich bin sicher er denkt auch an dich, obwohl er dich nur kurz gekannt hat. An manchen Tagen sitzt er regungslos da, spitzt die Ohren und schaut in eine Ecke, ich denke, dann sieht er dich. Tiere haben ein so feines Gefühl, es ist schön, sie zu beobachten, schade, dass sie nicht reden können.

Gestern haben wir deine Asche genommen und in den Kocher gestreut. Wir standen auf einer kleinen Brücke an einem kleinen

Waldstück, es hätte dir gefallen. Dann sahen wir zu, wie deine Asche langsam weiter schwamm. Wir wissen, dass sie ins Meer schwimmt, wo du immer hin wolltest. Bine, Steffi und ich haben dir viel Glück gewünscht.

Es war dein Wunsch und wann immer wir an einem Bach, See oder am Meer sind, denken wir an dich, wir haben dich lieb, Charly.

Wir haben noch eine Weile den Wellen nachgeschaut und sind dann nach Hause gegangen.

Dort haben wir die ersten Gurken gepflückt, die du immer so gerne gegessen hast. Das hat uns traurig gemacht, weil du sie nicht mehr essen kannst, und glücklich, weil du wieder in unseren Gedanken warst.

Wir denken so oft an dich. Wie schnell ist dieses Jahr vergangen, und wie sehr hat sich alles verändert.

Erinnerst du dich noch an das kleine Döschen mit dem Engelsbild, es steht auf meinem Schreibtisch und darin ist auch die Asche von dir, so habe ich dich immer bei mir.

Und manches Mal träume ich von dir, du bist wieder jung und gesund, hast keine Schmerzen mehr und siehst richtig glücklich aus. Ich würde dich so gerne umarmen, aber es geht leider noch nicht.

Aber neulich, habe ich gespürt, wie du meine Hand gehalten und gedrückt hast, das war ein schönes Gefühl. Und wenige Tage vor deinem ersten Todestag, sah ich dein Gesicht in der Birke vor unserem

Fenster, da wusste ich, du bist immer in meiner Nähe, das tröstet mich sehr.

Mein Bruder hat mich nach vielen Jahren mit Irmi besucht, es war schön ihn wieder zu sehen. Wir telefonieren miteinander und kommen uns langsam wieder näher, darüber freue ich mich auch.

Und die beiden Buben, Norbert und Dieter sind wieder in Deutschland, wir werden uns wohl auch bald sehen. Leider ist Norbert sehr krank, aber er lebt, das ist wichtig, sagt er.

Ich wünsche mir, dass ich nachts wieder schlafen kann, im Moment geht es nicht, aber ich war ja schon immer eine Nacht-eule. Norbert hat eine kleine Rente von Spanien bekommen und eine kleine von Deutschland und er ist siebzig geworden.

Zum Glück kümmert sich sein Lebensge-
fährte Dieter um ihn. Es ist schon verrückt,
das Leben geht einfach weiter, so als wäre
nichts geschehen.

Vor wenigen Tagen war unser 26 jähriger
Hochzeitstag. Ich habe um 12 Uhr nachts
ein Glas Wein getrunken und dir zugepros-
tet. Ich wollte nicht weinen, aber ich war
einfach zu traurig.

Ich weiß ja, dass du mich sehen kannst und
ich habe auch das Gefühl, dass du oft bei
mir bist, aber es tut einfach immer noch zu
weh.

Ich zwinge mich an die vielen schönen
Dinge zu denken, die wir zusammen gemacht haben, aber, das lenkt mich nur
kurzfristig ab. Immer wieder packt mich

der Schmerz und hält mich fest, es ist so einsam ohne dich.

Ich sehe dich oft vor mir, wie du gelacht hast und wie du dich über Kleinigkeiten freuen konntest.

Es waren schöne Jahre mit dir und ich versuche sie mir immer wieder ins Gedächtnis zu rufen, manches Mal hilft es, dann geht es mir ein wenig besser.

In einem Monat ist dein Geburtstag und dann kommt schon wieder Weihnachten, alles Feste die ich im Moment nicht feiern möchte. Meine Kinder und Enkelkinder kümmern sich rührend um mich, das hilft mir und ich versuche das Beste aus allem zu machen.

Dann stelle ich mir vor, du sitzt dort oben auf einer rosa Wolke und strahlst mich an, so wie du früher immer gestrahlt hast.

Erinnerst du dich noch, wie unsere ganzen Bilder in einer Schublade lagen und darauf gewartet haben, endlich einsortiert zu werden? Jetzt sind sie in 4 Fotoalben verteilt und du hättest deine Freude daran, so ordentlich sehen sie aus.

Ich denke, du siehst das alles und ich ärgere mich dann, weil ich es nicht getan habe, als du noch bei mir warst. So vieles hatten wir noch zusammen vor und jetzt ist es nicht mehr möglich.

Ich mache mir sehr viele Gedanken und es wäre schön, wenn ich wissen würde, wie es dir geht, ob du wieder so gesund bist, wie du es früher warst, ich hoffe immer noch, dass ich irgendwann mit dir reden und dich verstehen kann.

Ich habe dir noch so viel zu sagen und muss dich noch so vieles fragen.

Alles in unserer Wohnung erinnert mich an dich, du hast für alles gesorgt und egal was ich suche, es ist da.

Liebevoll beschriftet, ordentlich sortiert, überall ist deine Fürsorge zu spüren.

Es ist schön und es tröstet mich, aber ich bin nicht froh, dass du nicht mehr bei mir bist. Du fehlst mir so sehr, und manches Mal, da muss ich einfach weinen, aber dann sehe ich dich wieder, wie du immer in unserem gelben Fiat um die Ecke gekommen bist und ich mich gefreut habe, dich wieder zu sehen.

Den gelben Fiat habe ich einem netten älterem Mann verkauft und er war happy, ich auch, ich fand, das Auto passt zu ihm.

Er hat noch einige Male angerufen und sich gefreut, dass der Fiat gut durch den TÜV gekommen ist.

Nachdem der Carport nicht mehr gebraucht wurde, habe ich mit Bine und Steffi große Blumentöpfe bepflanzt.

Ich habe Gurken, Tomaten und Paprika geerntet und sogar ein Feigenbäumchen, Oliven und Kiwis gepflanzt. Sie werden voraussichtlich in zwei Jahren Früchte tragen. Natürlich habe ich auch einige Blumen und der Flieder ist groß geworden. Es sieht richtig schön aus, du hättest bestimmt deine Freude dran. Ich habe von Steffi noch einen runden Tisch bekommen und mit zwei Stühlen eine kleine gemütliche Ecke gezaubert.

Im Sommer ist es kühl und im Winter kann ich auch Regenwetter draußen sitzen, weil es geschützt ist.

Neulich hat mich ein Eichhörnchen besucht. Hier gibt es auch Elstern, Drosseln, Raben und Grünlinge, sogar ein Rotkehlchen habe ich entdeckt. Es ist schön hier, aber manchmal ist es doch sehr einsam. Und ohne Auto bin ich sehr auf Hilfe angewiesen.

Aber alles kann ich nicht haben, Natur oder Stadt, ist nicht so einfach, mal sehen, was ich mache, ich habe ja alle Zeit der Welt, muss mich nur entscheiden was ich will, das ist alles.

Schnell ist das Jahr vergangen und ich habe inzwischen das Katzenbüchlein verlegt. Es verkauft sich ganz gut, die Kinder meinen, das ist dein Werk, ich denke es auch. Der kleine Kater ist ein richtiger großer Kater geworden und viel unterwegs. An manchen Tagen liegt er auf deinem

Sofa und schaut mit riesigen Augen und angelegten Ohren in eine Zimmerecke. Ich denke, er spürt, dass du da bist. Katzen fühlen ja viel mehr als wir Menschen. Auf deinen Hausschuhen liegt er auch ab und zu, und unter deinem Sofa ebenfalls. Er würde dir gefallen, besonders wenn er wie wild durch die Wohnung rennt und seine Maus hoch wirft und wieder auffängt. Er liebt diese rote Spielzeugmaus sehr, wahrscheinlich weil sie laut quietscht. Dann hat er Tage, wo er nur schläft und frisst. Ich bin froh, dass ich ihn habe und du ihn noch ausgesucht hast. Eine kleine Freundin hat er auch, sie ist klein und dick und gestreift. Oft sitzt sie wenige Meter von meiner Haustüre entfernt und miaut ganz laut. Wenn der Kater das hört, will er nur noch raus. Dann begrüßen sich die Beiden und laufen gemeinsam weg. In diesen Nächten kommt der Kater nicht heim, oft ist er drei Tage weg. Am Anfang hatte ich Angst um ihn, jetzt weiß ich, dass er wieder kommt, wenn er hungrig ist. Er schlingt sein Futter hinunter und will mehr, das bekommt er und dann schläft er stundenlang, meistens auf dem Wohnzimmerschrank. Ich höre nur sein leises „Schnarchen".

Alex, Sonja und Julie sind sehr liebevoll, sie kommen sehr oft und umsorgen mich liebevoll, kaufen für mich ein, helfen im Haushalt und Alex repariert so manches Teil, das kaputt gegangen ist. Sonja hat mir bei diesem Buch sehr geholfen, viel Arbeit hinein gesteckt, ohne sie hätte ich es nicht geschafft,

Alex hat sich den Titel ausgedacht und Sonja ein eigenes Foto für das Titelbild zur Verfügung gestellt. Auch die wundervollen und sehr berührenden Worte, auf der Rückseite des Buches stammen von ihr. Und bei all der vielen Arbeit studiert sie noch, sie ist wirklich zu bewundern.

Natürlich kommen auch meine Mädels und helfen. Sie räumen um, kaufen ein, manches Mal gehen wir auch spazieren, gut, dass sie da sind, auch sie trösten mich, wenn ich traurig bin und sind eine große Stütze.

Julie war schon acht Jahre und ein wundervolles Kind geworden. Natürlich liebte sie den Kater schon bei der ersten Begegnung und er sie auch. Ich freue mich, dass wir wieder miteinander reden und sie bedauern, dass sie nicht mehr mit dir zusammen sein konnten. Ich denke, du weißt das alles und freust dich darüber wie wir uns jetzt verstehen. Sonja ist sehr liebevoll zu mir und Alex hilft mir ebenfalls sehr oft. Es tut gut alle um sich zu haben. Julie freut sich immer, wenn sie kommen kann, wir beide telefonieren natürlich miteinander - es ist einfach schön. Es ist alles so gekommen, wie du gesagt hast, es macht mich glücklich, ich denke, du hast das alles getan. So sagen die Kinder immer. Steffi meint, du sitzt auf einer rosa Wolke und sagst allen, was sie tun müssen. Vor einiger Zeit ist die spanische Rentenberechnung ins Haus geflattert und wenn alles so bleibt, dann geht es mir richtig gut. Du hast immer schön vorgesorgt und wolltest, dass es mir gut geht. Mir wäre lieber, du könntest hier bei mir sein, aber alles kann man nicht haben. Deine Worte, du hast alles schon vorher gesehen und so ist es gekommen. Ich vermisse dich so sehr.

Inzwischen sind zwei Jahre und zwei Monate verstrichen, seit du von uns gegangen bist. Wir sprechen oft von dir, du wirst immer in meinem Herzen sein, aber es wird auch immer wehtun. Es war schon eine lange Zeit, die wir zusammen verbracht haben und ich wünschte mir so sehr, dass es viel länger gewesen wäre, aber das war uns nicht vergönnt.

Wie du wohl ausgesehen hättest mit weißen Haaren?

Viele Gedanken bewegen mich und lassen mich oft nicht zur Ruhe kommen, und immer wieder denke ich, ob ich wirklich genug getan habe, für dich und deine Seele?

Viele haben nicht gewusst, wie zart du gewesen bist, du hast es oft hinter sehr deftigen Worten versteckt. Wolltest nicht, dass die Menschen sehen, wie du wirklich bist. Es waren schöne Jahre mit dir und ich muss wohl zufrieden damit sein.

Meine Schwägerin Jutta ruft mich oft an und sagt mir immer wieder, was für ein wundervoller Mensch du gewesen bist.

Und Siegfried war so begeistert von deinen gefüllten Paprikas, die du für sie gekocht hast. Leider kann er nicht mehr darüber reden, er hat die Alzheimer Krankheit und erinnert sich an nichts mehr.

Aber er hat ein Lied nicht vergessen: Das Lied „Hänschen klein". Das singt er manches Mal den ganzen Tag.

Für Jutta ist es nicht einfach, ihn so kindlich zu sehen, aber sie sagt, sie sei glücklich, dass er noch bei ihr ist, und sie hofft, dass er noch lange bei ihr bleibt.

Das Leben ist oft grausam, aber, man kann es nicht ändern.

Gerade heute hat die kleine Julie von dir gesprochen und erzählt, wie gut es dir geht. Dass du keine Schmerzen mehr hast und ich froh sein soll, dass es dich gegeben hat. Dabei hat sie glücklich ausgesehen und das hat mich sehr getröstet.

Die große Lücke, die du hinterlassen hast, wird nicht zu schließen sein, aber das will ich auch gar nicht. Du bist immer in meinem Herzen und das ist richtig so.

Charly, Du warst ein ganz besonderer Mensch!

Da fällt mir noch eine kleine Geschichte ein: Zu einer meiner Erinnerungen gehört auch der Lavendelduft, der mich immer wieder an Mallorca erinnert. Ich liebe diesen Lavendelduft und die Lavendelfelder, sie gehören einfach zu diesem Land. Wie oft sind wir durch die Lavendelfelder gelaufen und haben große Sträuße gepflückt um sie in Vasen zu stellen oder zu trocknen. Unser ganzes Haus duftete nach Lavendel und wir waren glücklich.

Auf meiner Terrasse steht ein riesiger Kübel mit einem Lavendelstrauch, er ist im Winter grün und im Sommer mit vielen violetten Blüten übersät. Sein Duft ist nicht so intensiv wie der Lavendelduft in Spanien, und die Schmetterlinge und Bienen die den Strauch besuchen sind nicht so zahlreich, aber er ist trotzdem wunderschön.

In diesen Nächten sind wir auf unser Flachdach gestiegen, haben unsere Matratzen hinauf geschleppt und den Duft tief eingeatmet.

Es gab Nächte, da haben wir so viele Sternschnuppen gesehen, dass wir mit unseren Wünschen nicht mehr nachkamen.

Wir waren den Sternen so nah und so unendlich bezaubert von den diesen Nächten, obwohl sie sehr heiß waren und wir wenig schlafen konnten.

Auch der Mond erschien uns viel größer und noch schöner waren die herrlichen Sonnenaufgänge. Störend waren nur die Moskitos, aber wir bauten uns ein Netz über unser Lager. Es waren herrliche Jahre und ich denke oft daran, sie sind eine bleibende Erinnerung, die mir hilft den Schmerz zu lindern. Es ist gut, dass ich das mit dir erleben konnte, ich sehe dich vor mir und bin glücklich und traurig zugleich. Ich hoffe, du siehst mich und denkst an mich, ich höre dich sagen: "Ich liebe dich" und ich sage es auch: „Ich liebe dich mein Charly", wo immer du auch bist, ich umarme dich.

Ich wünsche mir, dass ich mit diesem Buch die Menschen trösten kann, die auch einen geliebten Menschen verloren haben.
Wir alle werden noch oft von dir sprechen, werden glücklich sein, dass wir dich auf deinem Weg begleiten durften.

Und werden traurig sein, dass es uns nicht vergönnt war, diesen Weg mit dir zu Ende zu gehen.

Du hast viele Menschen glücklich gemacht. Sie werden immer an dich denken, weil du ein ganz besonderer Mensch warst. So wirst du in unserer Erinnerung weiterleben.

„Ich lebe in euch, bin in euren Gedanken, ich geh in eure Träume."

Es ist erstaunlich, dass vor so vielen Jahren ein Mensch so tröstende Worte gefunden hat.

Für mich haben diese Worte eine ganz wundervolle Bedeutung: Sie nehmen dem Tod das Endgültige, schenken Hoffnung, sind unendlich tröstend.

Immer dann, wenn mich die Traurigkeit übermannt, höre ich deine Worte und fühle mich mit dir ganz tief verbunden.

Die Zeit vergeht und der Schmerz ist allgegenwärtig, an manchen Tagen peinvoll und an wenigen Tagen erträglich, so wird es wohl bleiben. Oft sehe ich dich vor mir, kraftvoll, manchmal lächelnd, dann gedankenverloren und wehmütig. Ich frage mich, hast du gewusst, dass du bald gehen musst? Ich denke es, aber wissen tue ich es nicht.

Vielen Menschen ergeht es genauso wie mir: Sie sind tieftraurig und versuchen mit dem Schmerz zu leben und ihn anzunehmen, was ihnen aber nur selten gelingt. Oft verzweifeln sie und wollen nicht mehr leben, aber das hätten unsere Verstorbenen nicht gewollt. Das tiefe Loch der Verzweiflung, in das man fällt, hilft bei der Verarbeitung, die bei unserer Trauer notwendig ist. Sie ist wahre Arbeit und wichtig, nur so können wir wieder am Leben teilnehmen. Wer es alleine nicht schafft, sollte Hilfe suchen, nur so, werden wir wieder stark für unser weiteres Leben.

Auch ein anderes Problem beschäftigt uns Trauernde:
Der Zeitpunkt des Todes, wurde er bewusst gewählt, oder ist er uns bestimmt?

Fragen, auf die es vielleicht eine Antwort gibt. Und warum sterben die meisten Menschen ohne sich zu verabschieden, innerhalb weniger Minuten? Fällt es ihnen leichter, ohne uns zu sterben, oder wollen sie uns den Schmerz ersparen? Ich weiß es nicht, aber es beschäftigt mich sehr. So viele Dinge wollten wir noch tun, nun ist es zu spät, es ist endgültig, einfach vorbei.

Das Gute ist, die Erinnerungen bleiben! Sie geben Hoffnung, spenden Trost und lindern den Schmerz, der einen zu zerbrechen droht, wenn man es zulässt.

Jetzt ist die Familie ein wichtiger Halt. Sie fängt uns auf, lindert den Schmerz und versucht uns ins Leben zurück zu holen. Ohne sie wäre es oft nicht zu schaffen. Stark, wie ein Fels in der Brandung, steht sie hinter uns und umgibt uns mit ihrer Liebe.

Schritt für Schritt, wagen wir uns ins Leben zurück und freuen uns wieder über den Duft der Blumen und den Gesang der Vögel, die wir nicht mehr gehört haben.

Als Familie blicken wir gemeinsam auf diese Zeilen:

Dein Leben war Liebe und Fürsorge für die Deinen. Unermüdlich hast du bis zum Schluss gearbeitet, und das, obwohl du schon damals schwer krank warst.

Deine Sprüche waren genauso beliebt, wie du selbst, und deine Kässpätzle und Kuchen haben noch viele von uns in Erinnerung.

Manches Mal war dein Humor ein wenig derb, aber angekommen ist er immer.

Dein „esst und trinkt, so lange es euch schmeckt, schon zweimal ist mir mein Geld verreckt", kannten viele. Auto fahren und Musik war deine Leidenschaft. Besonders die von Peter Maffay.

Sein Lied: "Wenn ich geh, dann geht nur ein Teil von mir, und der andere Teil bleibt hier", hast du gerne und oft gehört, und dir zu deiner Beerdigung gewünscht.

Anzüge und Krawatten mochtest du auch nicht, deswegen geben wir dir auf deine letzte Reise deine geliebten Jeans und ein T-Shirt mit auf den Weg. Und natürlich deine geliebte Kappe.

Sorgen hast du mit einem:" Morgen ist ein neuer Tag" weggewischt und zu unserer Silberhochzeit wolltest du „Es krachen lassen".

Das Leben mit dir, war nie langweilig, deine Liebe hat mich umhüllt wie ein warmer Mantel.

Es ist schwer dich gehen zu lassen, aber die Erinnerungen an dich bleiben hier und geben uns allen Trost.

Deinen Wunsch: „Nicht in schwarz zur Beerdigung zu erscheinen und nicht weinen, sondern feiern" erfüllen wir dir. Wir tragen bunte Kleider und halten eine kleine Feier im Kreise der Familie ab. Im „Friedwald" findest du deine letzte Ruhe und dort werden wir dich oft besuchen und an dich denken.

Wir alle wissen: Unser Charly war ein ganz besonderer Mensch, wir alle lieben dich, du bleibst in unseren Herzen!

131

Der Weg ist steinig, schmerzvoll und lang, aber es lohnt sich, denn am Ende dieses Weges werden wir wieder mit unseren Lieben zusammen sein.